表現を仕事にするということ

表現を仕事にするということ

小林賢太郎

幻冬舎

表現を仕事にするということ

はじめに

この本は『表現を仕事にするということ』というタイトルです。でも僕は、表現を仕事にした人の代表なんかではありません。どちらかというとマイノリティだと思います。

ただし同時に、表現者って全員がマイノリティなんじゃないかとも思うんです。舞台、映像、文学、美術、音楽。どんなジャンルの表現であれ、百人の表現者がいれば、百とおりの表現論がある。表現を仕事にした者にとって、同業者はひとりもいないのかもしれません。

僕は、コントや演劇や映画など、つくりたいものをつくっては楽しんでもらうことで生活しています。これだけ聞くと「好きなことだけやってお金もらってていいですね」なんて思う人もいるかもしれませんね。そう見えているなら、それでいいんです。

表現って「表に現す」と書きます。つまりそこには裏側があるんです。観客の目に触れることのない舞台裏。見えないところで頑張る生みの苦しみ。あえて表沙汰にしない内側の問題。メイキング映像にも映らない、本当の裏の部分です。
もちろんすべては、好きなことをやっているという前提があっての話です。でもどうやら、好きなことを好きなようにやっているだけでは、仕事としては成り立たないようです。趣味としてではなく、表現に職業として向き合うと、それまで知らなかったいろいろなことが見えてきます。

本書には、表現を仕事にする上で大切にしたいことや、起こりうる様々な困難の乗り越え方などを、僕の知識と経験をもとに、できるだけ具体的に書いていきます。それらは手品のタネのように、「楽しむ側」の人は知らなくていいことかもしれません。そでも、表現を仕事にする人、そして、それを支える人。そんな「楽しませる側」の人には、共感してもらえたらなと思います。

小林賢太郎

目次

表現を仕事にする人のための仕事術

表現を仕事にして学んだこと

表現を仕事にする
ということ

表現を仕事にするということ

表現を仕事にするということの魅力のひとつに、自分のペースで仕事ができる、というのがあります。

イラストレーターが、いつ絵を描くか。シンガーソングライターが、いつ曲をつくるか。俳優が、いつセリフを覚えるか。自分で決めていいんです。

毎日の通勤時間が決まってないから、寝ていたければ何時まででも寝てていいし、創作に没頭したければ、何時まで夜更かししててもいい。平日の昼間だろうと、どこでどう過ごそうが、自由。なにを着ててもいい。なんにも着てなくてもいい。誰から命令されることもなく、好きなことのために生きられる。表現を仕事にするって、最高です。

ただし、こうも言えます。

勤務時間が決まっているわけではないので、深夜何時になろうと、際限なく働き続けてしまいます。僕は長時間文章を書きすぎて腕を痛めてしまったこともありますし、座ったまま絵を描き続けて、おしりを痛めてしまったこともあります。

逆に、サボろうと思えばいくらでもサボれるし、だらしなくしようと思えば、どこまでもだらしなくすることもできます。仕事と一切関係のない遊びに何時間溺れようと、ただただ、人生の大事な時間が過ぎ去っていくのです。

表現を仕事にすると、遊びに見えるようなことも、すべてが仕事につながります。例えば、カラオケもテーマパークもコンサートも、ただのお客さんとして遊んでいるのではなく、勉強をしていることになります。僕は海外で暮らしながら舞台作品を観まくる、ということを何度かやりました。どう遊び、どう学ぶかも、自分で決められるんです。

また、めずらしい職業ですので、多くの人に注目してもらえます。芸能表現などの顔を出す仕事なら、知らない人から声をかけてもらえたりもします。

想像してみてください、あなたのことを知っている人の数が１００倍になれば、あなたのことを好きな人の数も１００倍になるわけです。

ただし、こうも言えます。

生活の全てが仕事の犠牲になります。芸能表現などの顔を出す仕事なら、突然知らない人から声をかけられてしまうこともあります。オフなのに、オンの自分を他人から求められる。これはかなりつらいことです。声をかけてくる人の中には、マナーの悪い変わった人もいます。プライベートな時間も場所も、安心できないのです。しかも自分だけでなく、家族が嫌な思いをすることもあります。賞賛も増えれば、誹謗中傷も増えます。あなたを知っている人の数が１００倍になれば、あなたを嫌う人の数も１００倍になるわけです。

表現を仕事にして成功すれば、経済的な成果は大きいです。やり方次第で、かなり大きな収入に繋げることができます。

ただし、こうも言えます。

表現の仕事で成功できる人なんて、ほんのわずかです。「舞台だけじゃ食えない」とか「本が売れない時代」とかって、多くの人が言います。

収入は不安定です。先月は調子良かったのに、今月はカラッキシ。来月どうなることやら。なんてことを、僕も経験したことがあります。表現を仕事にするということは、なんの将来の保証もないということなのです。

……まあ、このくらいにしておきましょうか。

いかがでしょう。ちょっと意地悪な書き方をしてしまいましたが、全部本当のことです。僕は表現の仕事の素晴らしさを、これまでに山ほど経験してきました。でも、無責任に夢やロマンを売るつもりはありません。

魅力的、かつ、やっかいな「表現」という仕事。やってみますか？　やめときますか？　それもまた、自分で決めることです。

「上手なアマチュア」と「プロ」との違い

プロ野球選手かそうでないかは、明白です。プロ野球の球団に属しているか、いないか、ですから。

では、俳優はどうでしょう。芸能プロダクションや劇団に所属しているけれど、ほとんどアマチュア、という人はいます。逆に、どこにも属さず、フリーランスでやってるプロの俳優さんもいます。

画家はどうでしょう。2枚の絵を並べて、どちらがプロで、どちらがアマチュアが描いたものか、判断することはできません。描いた本人に「プロですか?」と聞くしかありません。

表現の仕事って、プロかどうかの境界線が極めてあいまいなんです。しかし、やはりプロとアマチュアは違います。

ある大学生が、お笑いタレントみたいに面白いやつだったとします。でもそれは「面白い大学生」です。

ある主婦が、俳優みたいに演技が上手だったとします。でもそれは「演技がうまい主婦」です。

あるサラリーマンが、手品師みたいに手品が上手だったとします。でもそれは「手品がうまいサラリーマン」です。

面白い大学生よりも、面白くないプロのお笑い芸人もいるかもしれません。演技がうまい主婦よりも、下手なプロの俳優もいるかもしれないし、手品がうまいサラリーマンよりも、技術が劣るプロの手品師もいるかもしれません。それでも、プロはプロです。

では、プロは、何をもってして「プロ」なのでしょうか。

もちろん、お金をとっているかそうでないかの違いはあります。「これで食ってます」と言えることは、プロとして大切なことです。僕は駆け出しの頃、コントのプロになるんだと覚悟したとき、アルバイトをやめました。貧乏だったけど、これでかなり成長できたと思います。

でも、ここで僕が言いたいのは、そんな経済的なことではありません。さらにもっと根っこの部分、「プロとして生きているかどうか」という話です。

友人のギタリストは、指に怪我をする可能性のあるスポーツは、一切やらないと言っていました。つまり、ギターを持っていないときも、ギタリストとして生きているんです。

プロのカメラマンは、カメラを持っていないときでも、その目はカメラマンです。日常のあらゆることを、プロの表現者として判断している。表現できる自分であり続けることの難しさに、常に向き合っている。これを「プロ意識」といいます。

だから、上手か下手かではないんですよ。プロ意識を持って生きていて、その上で下手なら、それはそれで愛すべき存在になったりもしますし。

ついでに、ちょっとだけ注意喚起。

ときどき、「プロのフリをしたプロ」っていうのがいます。プロでありながら、プロとしての生き方をしていないので、他のプロへの尊敬ができず、他のプロの悪口を言ったり、素人の前でプロぶったりします。プロは、プロぶらないです。ニセプロにはお気をつけください。

今この文章を書きつつ、自分はどうなんだろうと思いました。プロとして生きているだろうか。ついさっき、かたわらのメモに、〝いいプロっぷり　プロ論　ぷろろん〟って書きました。面白いと思ったらすぐにメモするのがクセになってます。僕も24時間、一応、プロとして生きてます。

「才能」と「努力」と「運」

「才能があるね」って言われたら「褒められた！　嬉しい！」って思うのと同時に「しめしめ、バレてない」とも思うんです。

僕は創作活動に関して「やってみたら、なんとなくできちゃった」なんてことは、ひとつもありません。そういう意味では、僕に才能なんかありません。

ただ、物心ついたときから表現をし続けてきたので、「才能」という単語が身近なものではありました。

例えば小学生の頃、周りの大人から「才能がある」って言われると「この人には才能があるかないかを見抜く才能が本当にあるのかな?」って思ってました。「才能と向き合う人生を送ろうとしている子供に対して、才能という言葉を無責任に使っていませんか?」って思ってたし「この大人は僕のことを、才能っていう言葉を使って言い表すのが楽だから、こう言ってるだけなんだろうな」くらいに思ってました。

そして、実際に才能と向きあわざるをえない仕事についた今思うのは、才能って、もっと現実的なものだ、ということです。

なんだか「才能」という言葉に幻想を持っている人が多いように思います。

例えば、フィジカルなことに置き換えて考えてみてください。

目がいい人には、目が悪い人より、精密作業の才能がある。

体が小さい人には、体が大きい人より、狭いところに入る才能がある。

左利きの人には、右利きの人より、左手を使う才能がある。

そりゃそうだ、って話ですよね。

これが「表現力の才能」になったとき、視力や身長のように数字で測れないから、幻想が生まれるんだと思います。

天から授かった超能力で、スプーンを曲げられる人がいるとします。超能力ですから、トリックがありません。ということは、今日は体調が悪い、とか、環境のせいで集中できない、とかの理由で、スプーンが曲がらないことだってあるわけです。

一方、トリックを使っているニセ超能力者がいたとします。本当は超能力はないのだけれど、スプーンを曲げられます。タネも仕掛けもあるから、体調や環境に影響されることはありません。ただし、これをまるで超能力かのように観せるには、かなりの練習が必要です。

才能と努力を、超能力と手品に例えてみました。ギフトとして与えられた才能って、本当に素晴らしいと思います。誰もが持っているものではないし、その特別な才能に、みんなが興味を持つことでしょう。ならば、才能のない人が努力することは無駄かというと、それはまったく違います。努力には、確実性があります。僕たちは、お金をとってエンターテインメントを観せる以上、確実に観客を楽しませなければなりません。頼るべきは、才能ではなくて、努力なのです。

そして、努力によって才能かのような結果を出せたとき、周りは「才能あるね」って言い出すんです。だから「しめしめ、バレてない」なんです。

そして「努力」という言葉もまた、意味が一人歩きしている気がします。努力って「やりたくないことを我慢してがんばること」だと思っている人が多いのではないでしょうか。

僕は、自分の表現をよくするために、努力なんかでなんとかなることなら、いくらでも努力します。やりたいことのための努力ですから、やりたくないことを我慢してやっているわけではありません。

「才能」「努力」、どちらの言葉にも、幻想があるのかもしれませんね。ここに「運」も絡んでくると、いよいよファンタジーな世界になってしまいそうです。

「どんな結果が出せるか」には、運も関係あると思います。出会いとか、世の中の流れとかも、運だと思いますので。

でも表現を「するかしないか」に関しては、運は関係ありません。どんな運の巡り合わせであっても、与えられた人生の中で、できる表現をしていくだけです。天気って運なのかもしれないけれど、雨が降ろうがヤリが降ろうが、僕は表現をやめませんから。……すいません。ヤリが降ったらやめます。多分それどころじゃないので。

やりたいことの見つけ方

「将来のことを考えなきゃいけないのに、やりたいことがない」というようなご相談をいただいたことがあります。

どうすればやりたいことに出会えるか。それは………ごめんなさい。全然わかんないです。

といいますのも、僕、子供の頃からやりたいことだらけだったんです。絵を描いたり、写真を撮ったり、お話をつくったり、ギャグを考えて漫画にしたり、手品だのパントマイムだのを練習したり。で、それをそのまま職業にしちゃったような人なのです。だから「やりたいことがない」という人の気持ちに寄り添うのは、なかなか難しいです。

こんな〝表現〟を仕事にした僕から、

「君、やりたいことがないのかい？　じゃあ、〝表現〟をしてみるってのはどうかな。〝表現〟は素晴らしいよ。さあ、自分を解放して、思いっきり〝表現〟をしてみようよ！」

なんて言う気は、さらさらございません。そもそも表現は、やりたい人がやりたくてやることですから。

「うちの子、家でゲームばっかりしてて、なにかやりたいことはないのかしら」なんて心配している親御さん。その子のやりたいことは「家にいたい」「ゲームしたい」なんですよ。

でもね、もしかすると、「〝かくれ〟やりたいこと」があったりするかもしれませんよ。

ゲームをやっていれば、そのストーリーやグラフィックや音楽には触れているわけです。だから、本当は小説を書いてみたい。本当はイラストレーターを目指してみたい。本当は音楽をつくってみたい。なんて思っているかもしれません。

でも、才能もないし、どうやって始めたらいいかわかんないし、なんかめんどくさい。だからとりあえず家でゲームばっかりしている、という状態なのかもしれません。そんな「〝かくれ〟やりたいこと」は、どうしたら行動に移せるのでしょうか。それは……ごめんなさい。全然わかんないです。

僕は「やってみたい」と思ったら、やってみちゃう人です。やるやつは、やるなと言われてもやるんです。そうでもない人は、わざわざやらなくていいんじゃないかと思います。

なんだか大人が言う「やりたいことを見つけなさい」が、薄い脅迫になってるような気もします。なんでなのでしょうか。いいじゃないですか。なくて。

ただし。どのみち働かなければ生きていけないですから、やりたいやりたくないに関わらず、なにか「やる」ことにはなるわけです。

「やりたいことがない」ってことは、言い換えれば「なんだっていい」ってことですよね。自由です。選び放題です。世の中にはものすごい数の仕事がありますから。

「やりたいこと」がわからないまんまでも、社会には出られます。そこで求められたことを一生懸命やって、それが評価されたら嬉しい気持ちになって、それを自分の「やりたいこと」として生きていく。これだって、立派な社会人のありかただと思います。逆に「人がやりたがらないことをやる」というのだって、すごいことです。

だから、やりたいことがないからって、別に焦ることもないように思います。

何度も言って、ごめんなさい。やりたいことの見つけ方は、本当にわからないです。

ああ、なんて無責任な本でしょう。

とて、この本を読んだことで「〝かくれ〟やりたいこと」に、ちょっと手を出してみようと思ってくれたりしたら、ものすごく嬉しいですけど。

夢は名詞ではなく動詞で

小学校1年生のとき、クラスみんなに先生から折り紙が配られて「将来の夢を書いて、その形に切り抜いてください」と言われました。例えば「ペット屋さん」と書いたなら、紙を犬の形にしたりとか。

そのときの僕の将来の夢は「絵を描きたい。文を書きたい。映画もお笑いも好きだからやってみたい。で、いろんな人に見せて、褒められたい」というものでした。そんなごちゃ混ぜな職業が存在するかどうかも僕にはわからなかったので、具体的な単語であらわすことができませんでした。いろいろ考えていくうちにどうしようもなくなって、折り紙を小さく飛行機の形に切り抜いて、「パイロット」と書き、みんなとおなじように模造紙に貼りました。

「自分のつくったもので人を楽しませたい」というのが、僕の変わらないやりたいことです。それは夢と言うには、あまりにも現実的なことなので、「夢」という言葉は使わないままに、ここまできてしまいました。だって叶うもなにも、やりゃいいだけですからね。うまくいくかはさておき、やるかやらないかは運でも縁でも才能でもないんだし。

表現の仕事は、よく若者に将来の夢として扱われます。僕はそれなりに長く表現を仕事にしてきましたので、目指している人、諦める人、いろんな人を見てきました。

夢の扱い方について思うことがあります。それは、夢を「なりたい職業の名前」と捉えている人が、自分の中に矛盾を抱えてしまわなければいいな、ということです。

誰かのかっこいい成功例を見て「あれになりたい」と、そのひとつの職業名を夢として掲げ、そして叶わない。こんな夢の見方って、ちょっともったいないと思うのです。

僕のおすすめは、夢を職業名ではなく「したいこと」として言葉にする。言い換えると、夢は「名詞」ではなく「動詞」で捉える、というやりかたです。

例えば、絵を描くことを仕事にしたい人が「ピカソみたいな画家になりたい」という夢を持ったとします。ここに、見落とさないほうがいいポイントがあります。人に説明しやすいから、キャラクターが立ってる「画家」という職業名を使ってしまいがち。

もしその人が、「ピカソみたいな画家」じゃなくて、イラストレーターになったり、漫画家になったり、CGアーティストになったりしたら？　それって夢が叶わなかった、ってことでしょうか？　いいえ、絵を描くことを仕事にしたいっていう夢が、ガッチリに叶ってるんですよ。

そして「ピカソ」というワードですが、それはその人の「夢」じゃなくて「憧れ」の対象ですよね。「夢」と「憧れ」は違います。「夢」は自分の中にあるもので、「憧れ」は自分の外にあるものです。自分は他人にはなれません。あなたはピカソにはなれません。ピカソがあなたになれないように。

A「夢はピカソみたいな画家になること」
B「夢は絵を仕事にすること。憧れはピカソ」

このふたつの違い、お分りいただけましたでしょうか。

ただの言い方かもしれないけど、言葉に縛られることもあれば、言葉が引っ張ってくれる未来というのもあります。夢を丁寧に扱って、素晴らしい表現者がたくさん生まれたらいいなと思います。

「できること表」の書き方

僕には素朴な疑問があるんです。「将来」というやつは、僕にはもう来てるんでしょうか。もう50年以上生きてきましたけど、境目がないんですよ。「はい！　ここから、あなたの将来ゾーンがスタートします！」って、人生審判員みたいな人が旗をあげてくれたりしないんです。

僕はなんとなく、40代に入ったら人生の本番っぽくなるのかな、って思ってました。だから、40歳までは下積みのつもりで、あれこれ試したり習得したりしてきたんです。ですが今、実際に40代を過ごしてみたものの……。つくりたい作品があって、やりかたを考えて、試しては、うまくいったりいかなかったり。なんだ、何も変わらないじゃないか。

そんな僕ですが、20代には20代なりの頑張り方をしていたように思います。おもに考えていたことは、いかに自分をブランディングするか。

「できるようになるべきこと」と「できないままでいいこと」を、表にして整理しました。

「できること」で「やること」
「できること」だけど「やらないこと」

『ラーメンズ』というコントブランドを「ネタに特化した職人」というイメージにしようと思い、フリートークをがんばるのをやめました。「やること」「やらないこと」が整理できていれば「芸人なんだからフリートークができなきゃ」という他人からの押し付けに動じなくて済みます。

例えば「声優」という職業の人の中には、アニメや洋画に声を吹き込む仕事以外にも、タレントとして活躍する人や、歌手活動をする人もいますよね。

できることは人によって違うし、できるからと言って、やるかどうかもまた、自分で決めることです。

「できないこと」で「できるようになりたいこと」

これは、わりと見つけやすいですよね。僕はここに「体内時計で90分を測れるようになる」「部分を書きながら公演全体を把握できるようになる」みたいなことを書きました。

「できないこと」で「できないままでいいこと」

テレビですごい技を披露していたダンサーを見て、かっこいいなと思って、ちょっと真似してみたりしたんですけど、「待てよ?」って思ったんです。「かっこいい」を目指す努力を「面白い」に向けようって判断しました。「できないこと」で「できないままでいいこと」がわかっていれば、変な遠回りをしそうになったとき、すっと気持ちを切り替えられます。当時の僕は、なんでもできるようにならなければならないって思い込んでたんですよ。ずいぶんいろんなものに手を出しては、「待てよ？」って思ったものです。

この表があると、そのときの自分にとって何が大事かを意識することができます。大事なことが見えてくるから、大事じゃないことも見えてきます。自分の表現のために、今できる努力は何なのか、見逃したくないですからね。

もちろんこの表は、どんどん書き直していいものです。今でも「できるようになりたいこと」は、日々自然に現れます。全部おもしろいです。「おもしろい今」の連続が、いつの間にか「将来とやら」をつくっていくというのが、ずっとおもしろくていいなと思います。

できること	できないこと
やること	できるようになりたいこと
やらないこと	できないままでいいこと

役者になるか迷っている人へ

舞台や映像など、僕の作品には多くの役者さんが出演してくれています。つくる側の立場の僕が思う、役者を目指している人への話です。

役者を目指すかどうか迷っている人にお伝えしたいことはひとつ。

自分で決めなさい。

こういう相談って、どんな答え方も出来てしまうんですよ。否定的にも肯定的にも。

役者志望の人の中には「演技力がなかったらどうしよう」という観点から悩む人もいるようです。

演技力って、現場の感覚で言うと「説得力がある」とか「ひきだしが多い」という感じです。

「説得力」のために出来る努力があるとすれば、「自分の言動が、相手からどう見えているかを、普段から意識する」ということです。日常会話で発している言葉が、その言い方で正しく伝わっているか、わずかでも相手に誤解をさせる可能性はないか。こんなふうに、常に自己審査をするんです。

これは語彙力ではなく、客観力の話です。演技も、その他の表現も、大事なことは「どう伝わるか」ですからね。

そして、「ひきだしの多さ」について。ひきだしの出どころは、人への興味によるものです。感情、表情、動き。そういうものに日頃から興味を持っていれば、いざ自分が演じるときに、表現の選択肢がふやせるわけです。これは、「才能」というより「努力で集める情報量」ですね。

だから、演技力の有無に悩んでいる人がいるのなら「できる努力を全部やってから判断したら？」って思います。

以前「プロになる勇気がなくて、一歩を踏み出せない」という相談を受けたことがありました。そのときは「無理に踏み出すことないですよ」と答えました。やりたい人がやりたくてやることなんだし。踏み出せないなら踏み出せないで、すでに踏み出した人にとっては、ライバルがひとり減るってことですし。だけど裏腹に「やってみればいいのに」とも思うんです。やってみたらわかりますよ。その「やり心地」が。「こんなに楽しかったんだ」とか「思ってたのとなんか違う」とか。

たまに「30歳までに売れなかったら辞める」というような話を聞くことがあります。僕は「そうなんですね」と相槌くらいはうちますが、実はあまりピンときていません。というのも、僕は「売れる」とか「売れない」という言葉を、ほぼ気にしないまま表現の仕事を続けてきたからです。絶対売れる自信があった、という意味ではありません。売れるか売れないか、ということが、やるかやらないかの条件に入ってなかったんです。ただ「やりたいから」というだけでやってきました。

どうあれ、自分で決めなさい。

自分がどうしたいのかを、自分で考えて、自分が行動する。自分の人生に責任を持つことは、すごく大切なことです。

若い人から、僕の作品に出演したいと言ってもらえると、とても嬉しいです。そして、そのためにやっておける努力はなんでしょう、って聞かれたこともあります。役者として参加してもらうなら、やっておいてほしいことはあります。それは、演技の訓練などではありません。普通のことを普通にできるようになっておいてほしい、ということです。ここでいう普通のことっていうのは、挨拶や礼儀です。「え？　そんなこと？」って思うかもしれませんが、現場を妨げるのって、こういうことができてない人だったりするんです。信頼関係が築けないと「この人を輝かせたい」という僕の演出家としての気持ちに力が入りませんからね。

今これを読んでいる誰かと、いずれ作品づくりをご一緒することがあるかもしれませんね。ご縁がありましたら、よろしくお願いします。

どうして挨拶が大事なのか

「おはよう」とか「ありがとう」とか「ごめんなさい」とか。小さな子どもが習うあたりまえの言葉ですが、表現の仕事の現場では、これがすごく大事だったりします。今更？　と思うかもしれませんが、あえて。

挨拶には、それぞれに、はっきりとした機能があります。

「おはようございます」の機能

大きな声で挨拶すると気持ちがいいから？　それもそうかもしれませんが、それだけの理由ではありません。

現場にとっての「おはようございます」は「いますよ」という情報です。現場に先に入っている人が、あなたになにか用事があるかもしれません。そんな待っていた人に「来たな」と認識させるのです。あなたが到着したところを現場の全員が見ているとは限りませんから。

だから「私が来ましたよ！　さあ、ご用がある方はいつでもどーぞ！」でも別にいいんですけど、取り立てて誰もあなたに用がない場合もあるでしょうから、「おはようございます」がちょうどいいんだと思います。

ところで芸能表現の現場では「こんにちは」「こんばんは」ではなく、日中や夜でも「おはようございます」が多用されています。あれは「朝の挨拶」というよりは「お早い入りですね」という意味での「おはようございます」なんだそうです。

「ありがとう」の一言が示しているもの

「ありがたい」は、感想です。感謝の気持ちが自分の中にあるという感想。これを言わないということは、感想がない、ということですから、面白いことがあっても笑わないとか、素晴らしいショーを見ても拍手をしないのと一緒です。つまり「ありがとう」を言わない人は、感受性の薄い人。こんな人は、表現を仕事にするのには向いていないかもしれません。

「ごめんなさい」って、ちゃんと言えるかな？

こんなこと、大人が大人に説明するまでもないはずなんですけど……、残念ながら、言えない大人が実際にいます。理由は僕にはわかりません。どういうわけか、かたくなに言わない人がいます。

例えば誰かに迷惑をかけてしまって、それを謝らずになんとなくやり過ごそうとしたとします。そのうちやってしまったことの記憶が薄れていき、自分の中でなかったことにしちゃったとします。これ、相手にしてみれば「謝られていない」という事実が日に日に重なっていくばかりなので、どんどん記憶に残っていきます。これでは信用を失っていくばかり。こんなふうに、自分が「謝っていない」ということよりも、相手の中の「謝られていない」という情報の方が強い場合があります。相手を失望させてしまう前に、できるだけ早く伝えたいものです。

ずいぶん前の話ですが、とある出版社の偉い人が、お酒の席で僕に失礼な発言をしました。次の日、それを知ったその出版社の僕の担当さんが、僕のところにすっとんできて「すいませんでした！」と謝るのです。自分がやったことじゃないのに、朝から深々と頭を下げている若者。なんだかとてもかっこよかったです。ちなみに、彼の上司である当の偉い人からは、何もなし。でも僕は「謝られていない」という嫌な気持ちになっていません。そもそもお酒の席でのことだから気にしてなかったというのもありますが、その若い担当さんの「ごめんなさい」が、僕にじゅうぶんに伝わったからです。

「おはようございます」も「ありがとう」も「ごめんなさい」も、大事なのは「言うか言わないか」ではなく「伝わったか伝わってないか」です。言っても伝わってなければ意味がないし、言ってないけど伝わっているはずだ、というのは、一方的な甘えです。

表現を仕事にしたら、専用機材を使いこなしたいですよね。挨拶という基本ツールも、またしかり。「コミュニケーションスキル」なんていうと難しそうだけれど、シンプルに気持ちを言葉にして伝え合うことが大事なんです。

僕がメディアに出たがらない理由

僕はコントや演劇などの芸能表現をしてきましたが、メディアに露出することに積極的ではありませんでした。せっかくオファーをいただいても、失礼ながらずいぶんお断りさせてもらいました。「なんでテレビに出たがらないの？」って、よく聞かれたものです。

テレビの中には、尊敬し憧れている芸人さんがたくさんいます。「どうすればあんなに面白いことができるのだろう」と、その技術を知りたくて、テレビ番組を録画して研究したりもしました。

でもだからといって「とにかくテレビに出たい」とはなりませんでした。僕がやりたいことは「自分がつくったもので人を楽しませる」ということです。だからデビューしてすぐ、小さなライブハウスでコントを発表できた時点で、もうやりたかったことが叶っていたんですよね。

テレビ番組でコントを演じる機会は、それなりにありました。楽しかったこともありましたけど、やればやるほど、これって自分の作品とは言えないなあ、と思うことも多くなりました。

演じたコントを、番組側で勝手に編集されたこともありました。僕は、他人の著作物にメスを入れることは失礼なことだと思っています。けれどテレビ局には価値観が違う人がいました。僕の著作物は、その番組のディレクターの私物として扱われたように感じました。僕は抵抗しましたが「しょうがないじゃんテレビなんだから」という言葉で一蹴されたこともありました。僕は自分の作品を守るために、テレビから距離を置くようになりました。

その後ずいぶん経って、テレビ番組を自分でつくる機会をいただきました。『小林賢太郎テレビ』という一時間の番組で、年に一回のペースで十年間続けさせてもらいました。とても面白い経験でした。

でもやっぱり、自分の作品というよりは、テレビという媒体にお邪魔して勉強させてもらっている、という感覚でした。事実、すごく勉強になりました。

テレビを断ってきた理由はもうひとつあります。それは、知名度が上がり過ぎてしまうことを避けたかった、というものです。メディアへの露出が増えることで、あまり有名人になってしまうと、舞台作品のチケットセールスの純粋性を保ちにくくなると思ったのです。

観客が舞台作品のチケットを買う理由は「テレビで見たことがある有名な芸能人を生で見られるから」ではなく「面白そうだから」であってほしいのです。

売れていないことを不安に思い「とにかく有名にならなきゃ」という気持ちになる人もいるかと思います。でも僕には、これまでの経験から言えることがあります。

知名度よりも実力を上げることに夢中になるべきです。質の良い表現ができていれば、鼻がきく人にはちゃんと気づいてもらえます。

アドバイスの受け取り方

かつての僕は、アドバイスの受け取り方があんまり上手ではありませんでした。

駆け出しの頃、コント番組のオーディションを受けたときに「もっとこうした方が面白いんじゃない？」って偉い人からアドバイスされたことがありました。僕は、自分よりも面白くない人から言われてもなんの説得力もないから、聞く価値はないなと思いました。よくない受け取り方だぞ、尖《とが》り若手芸人小林。

もらったアドバイスは、自分に違った考えがあったとしても、その場で反発せずに、いったんちゃんと聞くこと。そして、後から自分の考えと照らし合わせて、ほしいところだけもらって、成長の材料にすればいいんです。

そもそもアドバイスする側の人も、そこまでの覚悟を持って発言していない場合もあると思いますよ。僕は若手の頃、コント公演で食べていけるようになろうと、長期的な計画を立てていました。けれど芸人の先輩、放送作家さん、テレビ局の人などから「それは無理だ」って言われました。僕は、そんなことはやるかやらないかだけの話だと思っていましたので、やってない人にいくら否定されようと、やり方を変えませんでした。そしてその後、僕はコント公演で、じゅうぶんな経済的成果を収め続けてきました。

当たり前ですが、僕のやり方を否定した人たちは「あのときは間違ったことを言って失礼しました」だなんて、誰も言ってきません。若者のこれからの人生設計を、あんなにはっきりと否定したみなさんは、無責任に言ってたってことです。無駄に振り回されないようにしたいものです。

アドバイスらしき言葉をもらったときは、それが「感想」か「意見」かを見分けるといいと思います。

「感想」は、その人の主観です。けっして観客全体の声ではありません。あくまでも個人の感情から生まれた言葉ですから、表現者は大事な情報として受け取らなくて大丈夫。褒められても否定されても、「そういうふうに思う人もいるんだなあ」くらいにとどめておきましょう。

これに対して「意見」は、それを裏付けする客観的な情報があって成り立っているもの。「感想」とは価値が全然違います。ただし、やはり大事なのは、その受け取り方。どんなに説得力があるアドバイスだと思っても「全部言われたとおりにしなきゃ」と、そのまま丸呑みするのは、ちょっとお待ちください。

例えばそれが、その道の大先輩からの、プロ目線での、大変貴重な、ありがたいご意見だったら、ただちに従いたくもなりますよね。でも、頂いたのはアドバイスであって、命令ではありません。

表現力って、いろんなことに自分で気がつくことで鍛えられるものだと思います。アドバイスをいただいたら、それをヒントに自分で考え、自分で気づくべきことに気づき、自分の表現に反映させる。こうなってこそ「アドバイスを活かせた」っていえるんじゃないかしら。

ちなみに僕は、自分から積極的にアドバイスをしたりしません。求められればすることもありますけど、あんまりしたくはありません。前記したとおり、アドバイスの受け取り方には上手下手があります。受け取るのが下手な人にアドバイスすると、こっちが損することもありますので。

ある後輩のコントライブを観に行ったとき、終演後の楽屋でアドバイスを求められました。だから僕は、気づいた点をいくつか伝えました。しかし、そのすべてに言い訳が返ってきました。アドバイスを受け取るのが下手って、こういうことです。

それでも、知りたいという人の役に立てるのは嬉しいことです。普段はアドバイスをしない僕ですが、大学で授業をしたり、劇作家や役者向けのワークショップをやったりすれば、惜しまずにアドバイスを配ります。それを目的とした場ですからね。そして、必ずこう伝えるようにしています。

「僕の教えたことをそのまま実行するのではなく、小林賢太郎はこう考えるのか、ならば自分はどうしようかな、って、きちんと考えてください」

ヒントなら、いくらでも伝えます。答えは、自分で見つけてください。

自分のジャンルを自分でつくるという選択

どんなジャンルでも、その世界に身を投じ、競争の中で結果を出すということは本当にすごいことです。その業界の中で多くの仲間や先輩方に出会い、成長を重ね、出世していく。素晴らしきサクセスストーリーです。

こういう観点から言うと、表現を仕事にするには、大きく分けて二つの道があります。ひとつがこの「どこかの業界に入る」というもの。

そしてもうひとつが「どこの業界にも属さない」というもの。業種そのものを自分でつくってしまうのです。こういう表現者も、けっこういます。僕もそのひとりです。

「コントや演劇を手掛けつつ、映像作品をつくったり、漫画描いて文章書いて、たまに展覧会をやる」。なんだこの職業。

こんな肩書きもよくわからない仕事をしていますので、当然同業者もいなければ、そんな業界など存在しません。

「どうよ、最近の、コントや演劇を手掛けつつ映像作品をつくったり漫画描いて文章書いてたまに展覧会をやる界」なんて、誰とも一度も話したことないです。

でも仮にそんな業界があったとしても、僕はそこには入っていかなかったと思います。

「演劇」という「芸能」を仕事にしている僕ですが、演劇界にも芸能界にも関わらないようにしてきました。

もともと○○界というのが、あんまり得意じゃないんです。相当頑張らないと周りと足並みを揃えられないし、先輩とうまくやることも、後輩を可愛がることも下手です。ひとりで好きにやってる、というのが好きなんです。

独自に変なジャンルをつくる、というのには、メリットもあります。

まず、始めた途端いきなりトップランナーです。僕が「男子陸上102メートル走」のタイムをとったら、どんなに足が遅くても僕は暫定世界チャンピオンです。そんな競技、誰もやってないんだから。
想像してください。オリンピックや世界陸上で100メートル走が終わった後、ひとりで102メートル走を勝手に計測している姿を。きっと、バカに見えます。でも中には「お、なんだなんだ、面白そうなバカがいるぞ」というふうに、興味を示してくれる人もいるものです。

井の中の蛙《かわず》って、その井戸がお気に入りだったら、それはそれで幸せだと思うんですよね。
もちろんリスクもあります。表現にちゃんと魅力がないと、誰にも見つけてもらえませんから。誰かに受け取ってもらえないと、表現は表現として成立しません。井戸の中の蛙は、井戸の底を広げて広げて、みんなが観たいと思ってくれるような素敵な井戸をつくらねば。

以前、コントとも演劇ともつかない『ポツネン』というソロパフォーマンスでヨーロッパツアーを廻ったことがあります。日本では取材なんかで「コントなのか演劇なのか」とか、よくジャンルを聞かれました。僕はいつも「観る人にお任せしてます」と答えていました。

海外でもずいぶん取材を受けてきましたが、こういう質問はほとんどされたことがないんです。なんか、そこはどうでもいいみたいなんですよ。確かにパリにもロンドンにも、ジャンルのよくわからない、いろんなパフォーマンスがありました。ヨーロッパには「ジャンルのよくわからないパフォーマンス」というジャンルがあるのかも。だから僕は安心して「変な外国人」という立場を楽しむことができました。

親戚のおじさんとかに「賢太郎はお笑いだから、いつかテレビのお笑い番組に出られる有名な芸能人になるかもしれないからサインもらっとかなきゃ」って、勝手にジャンルを決めつけられる苦痛。そんなときは「んへへ」と半笑いで会釈して、会話を最速で終わらせてました。

そのくらいなら、まだかわいいもんですが、僕のジャンルというか職域を、勝手に決めつける人が、関係者の中にいることがあるんです。僕に肩書きをつけたがったり、僕の活動を制限しようとしたりする人。どういうつもりで他人の人生をコントロールしたがるのか、気がしれません。

もしも表現を仕事にしたあなたが、そういう理不尽な人に出会ったら思い出してください。あらゆる表現は、完全な自由と無限の可能性をもっています。それを奪うことなんて、誰にもできないのです。

つくり手と、演じ手

作詞家、という職業があります。作曲家、という職業があります。歌手という職業があります。そして、その三つを一人でやる、シンガーソングライターという職業もあります。

こんなふうに、いくつかの立場を兼任して表現を仕事にしている人がいます。これには、いいこともあるし、大変なこともあるんです。

小説家が書いた小説が、原作。それを脚本家がセリフにする。それを俳優が演じる。それを監督が撮る。多くの映画は、こんなふうに複数の表現者の仕事が重なっていくことで出来上がります。
だから、原作からブレずに完成に至る作品って、本当にすごいことだと思うんです。映画としてヒットしたとしても、原作者が「私の書いた物語はこんな意図じゃない！」と怒っているなんて話、めずらしくありません。
関わる人数が少なければ、原作が濁ってしまう確率も下がる、とも言えます。僕が好きな映画の中には、監督・脚本・主演を、ひとりの人がやっているものがけっこう多いです。純度の高さみたいなものを感じるからかもしれません。

僕は、つくり手と演じ手を兼任して、コントや演劇をいくつも発表してきました。自分で演じていた理由は、自分の書いた脚本を一番理解している役者が、自分だからです。僕の演技力は満足いくものではなかったけれど、作品の意図をぶれずにアウトプットする道具としては、自分の体がもっとも便利でした。役者に作品の意図を伝える手間もありませんし。「全部やるなんてすごいですね」なんて言われたこともありましたけど、全部だからこそショートカットできていた部分もあったというわけです。

そして、僕の脚本を僕以上に魅力的に演じてくれる演じ手に出会えれば、必ずしも僕が出演しなくてもいいって、ずっと思っていました。

自分が出演しないで裏方に徹することには、メリットがあります。これまでにも自分が出演していない作品はいろいろありました。演じなくてよければ、そのぶん創作に時間と労力を使えます。脚本家であり演出家の僕にとって、出演まで果たすことは、かなりの重労働だったんですよ。

僕が脚本・演出・美術・出演をやっていた『うるう』という舞台作品を、4年に1回上演してきました。僕の年齢で言うと、39歳、43歳、47歳。

およそ2時間の一人芝居で、体力を限界まで使い切るタフな作品でした。満足いくクオリティで演じるために、初演から8年経つ間に、ステージ数は半分に減らしました。ツアー前には、1年半かけてパーソナルジムで体をつくりました。

三度目の『うるう』は、僕の演じ手としての最後の舞台となりました。僕のようなタイプのパフォーマンスって、つくり手と演じ手、現役寿命が同じではありません。スポーツ選手に近いかもしれません。

その後、つくり手に専念するようになり、僕の表現活動はより充実していきました。素晴らしい役者さんたちとの出会いも増えました。なにかを「辞めた」というよりは、「次の段階に入った」と感じています。

表現と、お金

表現にかける予算のことと、表現による収入についての話です。

予算がないならないなりに、その中で最大の面白さをつくっていくのが、わりと得意です。

低予算の作品にとって大事なのは、妥協ではなく必然が見える表現をするということです。

例えば、オリンピックの五輪シンボル。歴代の式典では、電動の大掛かりな装置を使ったものや、豪華なセットで彩られたものなどがありました。

けれど僕が頼まれた案件では、とにかく予算を抑えなければなりませんでした。そこで考えたのが「木製・無塗装・人力」という表現でした。

やみくもに予算を削るのではなく、最初から狙ってその表現をしたかのように見せるための工夫をしました。

江戸の大工文化をモチーフにすれば、木製であることに必然が見えます。新国立競技場が木造であることとの親和性もあります。これで塗装費が浮きます。装置にお金をかけなくていいように、大工さんたちが自らの手で組み立てる、という演出にしました。五輪競技になっていない「綱引き」が登場する楽しさも狙いました。そこに、全国の木材を使うことなどのストーリー性が乗っかって、木工カラクリ五輪は必然のかたまりになっていきました。

作品にお金をかけずに済めば、予算を他のことに回せます。

例えば『ラーメンズ』のコント公演では、コントがコントとして成立すれば、セットチェンジも衣装替えも映像演出もいらないと判断しました。可能な限りのタイトな表現にすることで、スタッフの数も抑えられました。この身軽さと経済的な余裕によって、活動し始めてからわりと早い段階で、全国ツアーを成り立たせることができました。

お金がかかっていないということは、マイナスな見え方ばかりではありません。豪華なセットや衣装がなくても「安っぽい作品」と思わせない方法があります。

作品を面白くすればいいんです。

低予算でありながら楽しめる作品は、高く評価されます。逆に、全然面白くない内容なのに、やたら豪華に装飾された演劇なんて、目も当てられませんからね。

表現と、お金。収入の面から考えてみましょう。

作品をつくって発表するという活動には、それなりにお金がかかります。これを継続していくためにも、経済的な成果は大事です。でも僕は、ただ儲かればいいというふうには考えていません。

例えば、「A」と「B」、ふたつの作品をつくった結果、「A」のほうが儲かったとします。だったら次も「A」みたいな作品をつくるべきでしょうか。それは違います。次に僕がつくるべきは、オリジナルの「C」です。

経済的な成功は大事ではあるけれど、目的はあくまでも「表現」そのものです。

表現にとっては、作品にかけるお金も、収入として受けとるお金も、大事なのは量じゃないんですよ。

想像してみてください。もしも自分が納得いっていない表現が、やたら高い値段で売れてしまったら。あなたは「これで自分の表現は成功した」と思えるでしょうか。きっと、どこか不安なはずです。

逆に、自分が良いと思える表現ができて、その上で全然売れなかったら、納得はいかないかもしれないけれど、これはこれで健全だと思うのです。

大事なのは、バランスです。

価値のある表現者であるために

無人島に、ランダムに人が100人集められました。これから100人で、助け合って生きていかなければなりません。

「私は漁師です。皆さんのために魚を獲ってきます」
「私は床屋です。皆さんの髪を切ります」
「私は落語家です。皆さんを笑わせます」

みんな、それぞれの特性を活かし、人のためにできることをやります。

そんな中、こんな人がいました。

「私は社会的地位がとても高いです。知り合いには有名人がたくさんいます」

他の99人は、こう思いました。

「で、あなたは私たちのために何ができるんですか？」

本には「本体」と「カバー」がありますよね。表現を仕事にした人の価値にも、「本体」と「カバー」があるんです。

その人ができることそのものが、価値の本体。そして、肩書きや人脈や所有物など、本体の外側にくっついている価値が、カバー。

表現者にとって大事なことは、「どんな肩書きか」でも「誰と知り合いか」でもなく、「なにができるか」です。

けれど残念なことに、表現を仕事にしていながら、カバーの価値を一生懸命手に入れようとする人もいたりします。

肩書きや人脈や所有物。それはそれで、その人の価値の示し方なのかもしれません。権力者と表現者の関わりによって発展した、文化・芸術があるのも事実です。

かつて富裕層にとって、芸術家やエンターテイナーを価値あるものとして扱うことは、富の証明でした。パトロンとか、タニマチとか、ヒイキとか。芸術に理解があり、かつ経済的に余裕がある人による、世界中にあった構図です。でもそれは、あくまでも表現者の実力に対して、後からついてくるものです。表現者側から求めることではありません。

経歴なんかもそうです。

例えば、絵で食っていきたい人が、美術大学に合格しても、それは画家として成功したのではなく「美術大学に合格した」というだけです。成功はあくまでも、良い作品をつくれるかどうか。

例えば、役者として頑張っている人が、有名なドラマに出演したら、それは役者としての成功でしょうか。いいえ、成功はあくまでも、良い演技ができたかどうかです。

見失ってはいけません。表現者にとっての成功とは、組織や人などの、自分より大きな存在の一部になることではありません。それは表現本体ではなく「付随による表面的な価値」つまり「カバー」です。

ただし、他者から見てわかりやすいのが、そういう「カバー」の価値だったりします。感受性が低くて美術の良さがわからない人でも「美術大学に合格したなんてすごいね」と言えます。俳優の良さを有名かどうかでしか判断できない人でも「有名なドラマに出演したなんてすごいね」と言えますからね。

たまに飲食店の前に「テレビで紹介されました」って書いてあることがありますよね。画面を撮影した写真とか、タレントさんのサインが貼ってあったりして。僕はそういう店を見ると「料理に自信がないんだな」と、素直に思います。

テレビで紹介されたことが悪いわけではありません。テレビで紹介されたとて、それをわざわざ写真付きで店の前に掲げない店もあるということです。その店が良い店なら、テレビで紹介されようがされまいが、お客さんは求めてくれるわけですから。

知名度や権威を欲しがる前に、最新作を最高傑作にすることの方が、ずっと大事です。偉くなりたかったら、そもそも表現なんか仕事にしない方がいいですよ。

目の前の人に自分は何をしてあげられるのか。これは、表現がどうとか関係なく大事なことですね。だから、出来ることを増やそうって、出来ることの質を上げようって、思います。

「僕は、僕がつくったもので、みなさんを楽しませます」

100人の島で、胸を張ってこう言える自分でありたいです。

他人の表現を否定する人について

表現活動をしていると、応援してくれる人ばかりとは限りません。否定してくる人もいたりします。そういうネガティブな言葉って、どんなに少数であっても、デリケートな表現者には、トゲとして刺さってしまうものです。

皆さんのまわりにも思い当たる人がいるかもしれませんが、世の中には「目立つ」ということをネガティブなことだと思い込んでいる人がいます。多くの表現活動には、ある程度の「目立つ」が伴います。そして、目立てば目立つほど、批判を押し付けてきたり、撒き散らしたりする人が現れます。そういう人の言動のメカニズムを知ることで、無駄に傷ついてしまわないようにしましょう。

決めつけ型

「目立つべきタイプじゃないくせに」という、一方的な決めつけによる否定です。

これは、僕の実体験でもあります。高校生の頃、僕はまわりから「オタク」と位置付けられていて、なにか目立つことをやろうものなら「お前は中央ではない」というような中央からの圧力を感じていました。

クラスの人気者がダジャレを言ってみんなを笑わせる。そのたびに僕は、そのダジャレのフリの甘さとかが気になって「もっとこうすれば面白いのに」と、ノートに面白いことを書いていました。誰にも見せてこなかったですけど。

文化祭で、僕は全校生徒の前でお笑いをやりました。すごくウケました。僕としては「そうそう、これこれ」という感覚で、やりたかったことができて満足でした。

しかし教室に戻ると、クラスメイトの一部が「あんなこと普通やんないよね」だの「二重人格」だのと言い始めました。それはもう、ひどい言われようでしたよ。きっと彼らからしたら「オタクのくせに、人前に出て面白いことをやるなんて、ガラじゃない」なんて思っていたんでしょうね。

他人の言う「ガラか、ガラじゃないか」なんて、客観的意見のふりをしたただの個人の感想です。無視して大丈夫。

恥ずかしがり屋さん型

目立つ人を見て、自分に置き換えて、その恥ずかしさに耐えられなくて、否定的な発言をするタイプです。

僕が大学生のときのこと。授業に友人が遅刻してきたことがありました。そのとき、教員がこんなことを言ったんです。

「ほーら、遅刻なんかするから、目立っちゃった」

最初は意味がわかりませんでした。確かに友人が遅刻したことはよろしくないことです。でも「目立っちゃった」が、遅刻に対するペナルティという意味なのでしょうか。後になってその教員の性格から分かってきたのですが、あの「目立っちゃった」は、「目立っちゃったなんて、ああ恥ずかしい。ざまあみろ」という意味だったようです。

この人の中に「目立つことは嫌なこと」という観念があったのです。だから「目立っちゃった」＝「ペナルティ」というわけ。美術大学という自己表現を学ぶ場所において、この思考は教員失格だなと、僕は思いました。

それはさておき、授業には時間を守ってちゃんと出席しましょう。

知らないもの恐怖症

「知らない」という理由だけで表現を否定したがる人もいます。物事の判断を、自分が知っているか知らないかで、善と悪に分けちゃう人です。知らないのなら、否定も肯定もできないはずですよね。だって知らないんだから。だから「知らないから悪」という意見は「意見」ではありません。「気分」です。そんな誰かの個人的な気分に、表現者は興味を持つ必要はありません。

根拠なき上から審査員

プロ野球選手が派手なプレーをしたときに「どうせウケ狙いだろ」と言う人がいました。プロ野球は、お金をとってお客さんに見せるものです。お客さんにウケるために努力をするのは、僕には正しいことに思えます。それを「どうせ」とは、すごく失礼な発言だと思いました。こういうタイプの人は、根拠なく審査員目線になっている人です。

常に人より一枚上手だと思われたい。そんな、承認欲求の強い人だと思います。

いかがでしたでしょうか。なにかネガティブな言葉を浴びせられたとしても、こんなふうに発言の動機が透けて見えれば、無駄に傷つくことを避けたり、相手を許せたりできるものです。

基本的に、僕は表現者の味方です。でもだからといって、表現者を否定する人のことを、敵だと思ってるわけじゃないんですよ。僕はどんな人にも僕の作品を楽しんでもらいたいと思っています。僕を応援してくれる人にも、否定する人にも。

「ここで働かせてください」と、来る人よ

ときどきメールや手紙で「ここで働かせてください」と、門を叩いてくる変わり者がいます。募集もしてないというのに。

そんな中、たまにいるのが「なんでもやります！」っていう人。これ、困るんですよ。こちらが聞きたいのは「なんでもやるかどうか」じゃなくて「何ができるのか」です。何ができるのかもわからない人には、何も頼めません。「なんでもやります！」だけでは、その客観力のなさが証明されてしまうばかりで、こちらとしては雇いようがないんです。

僕の現場にいるのは、専門の知識や技術を持ったプロフェッショナルのみなさんです。プロジェクトごとに招集され、それぞれの能力を発揮して、みんなで作品の完成を目指します。

何かのプロとして、自立した上で働きに来てもらわないと、居場所はありません。厳し過ぎますかね。でも、これが現場の実際です。

もちろん、プロなら誰でもいいというわけではありませんよ。プロにもいろんな人がいますからね。

僕が現場で働く人に求めること。

まずはコミュニケーション能力。挨拶ができて、人の話を理解できて、自分の考えを正確に伝えられる。そんな当たり前のことが当たり前にできること。

だって、いくら専門分野の知識や技術があっても、何を言っているのかわからない人とは、仕事になりませんからね。

そして、能力の高さ。職業としてやっている以上、仕事ができる人かできない人かを、判断せざるを得ません。雇うのであれば、より能力の高い人のほうがいいに決まってます。

では、能力の高い人って、どんな人のことなんでしょうか。僕が思うに「能力の高い人」とは「能力の低くない人」のことです。変な言い方ですけど。

能力の低い人っていうのは、例えば……

・自分の能力が低いということに気づく能力が低い。
・自分の能力を高める能力が低い。
・他人の能力の高さを認める能力が低い。

ちなみに僕はというと、なにかと能力が低いです。クモの巣みたいな多角形のグラフ、あれで僕の能力を評価すると、極めてイビツな形になると思います。いくつかは極端に得意なことがあるんですけど、あとはだいたい低評価。

中でも、人を教育する能力。これはかなり低いです。向いてない、といいますか。自分が成長することに必死で、他人の面倒を見る余裕がございません。

だからこそ、うちの現場で働いてくれる人には「ある程度成長してから来てください」って思います。

「能力」って、その人のすべてではありません。得意なこともあれば、不得意なこともあって当然です。

大事なことは、自己評価の正確性です。自分の特性を人に示せるって、社会に出ていく上でとても役立つことだと思います。僕はこれを「セルフ適材適所」って言っています。

僕の現場に、「ここで働かせてください」という手紙がきっかけでスタッフになった人がいます。だから僕はこういう手紙やメールが届くと、そのスタッフに聞くんです。「どういう気持ちなのかな」って。

すると「私にはこの人の気持ちがわかります」って言ってくれるんです。一本のメールを、どれだけ勇気を振り絞って送信しているか。自分は一通の手紙を、何度書き直したことか。そんな話をしてくれます。

ちなみに僕は、就職をしたことがありません。自分から「ここで働かせてください」と、どこにも頼んだことがないんです。だから「ここで働かせてください」って言ってくれる人のことは「すごいなあ」って思います。

表現を仕事にしたい子、心配する親

小学生のとき、スイミングスクールに通っていました。いやでしょうがなかったです。行きたくないし、早く帰りたい。その理由は、家で漫画を描きたかったから。でもまあ、行ってたおかげで泳げますけど。

中学生の頃、エンターテイナーになりたくて、マジックの練習をしていました。高校生になって、友達に観せるだけじゃなくて、一般のお客さんの前で、プロとしてマジックをやりたいと思いました。デパートのマジック用品売り場で実演販売のアルバイトをしようとしたら「そんなことやってないで勉強しなさい」と、親にとめられました。ごもっとも。

アルバイトを断念した僕がマジックをやめたかと言うと、全然そんなことはありません。勉強部屋にこもって、ひたすらマジックの練習を積み重ねていきました。そして、大学生になって家を出て一人暮らしをして、思う存分マジシャンのバイトをやりました。やるやつは、やるなと言われてもやるんです。

大学を卒業するときには、コント公演をつくって仕事にしたいと思っていました。でも親からは、「お前がお笑いタレントになんかなれるわけがない」と言われました。当時の僕は「僕がなりたいのは、そういうんじゃない」ということを、うまく説明できませんでした。

このように、僕は表現を仕事にするための道を、すんなり歩いて育ってきたわけではありません。

けれど今になって思えば、その障壁のひとつひとつが、表現者としての自分を形成する重要な工程になっていたのです。

僕は否定されるたびに、説得力がまだ足りてないんだと無理やり解釈して、表現力を高める努力をしてきました。「結果を出して納得してもらうしかない」って。

自分の才能を相手に証明するのは、すごく難しいことです。しかし、その方法を考えて実行することこそが「表現を仕事にする」ということです。しかもプロの世界に踏み込んだら、相手は他人です。何百人、何千人、その先には何万人もの厳しい目がありますす。目の前の大人ひとり説得できないようじゃ、やっていけません。

この本を手に取ってくれた人の中には、「表現を仕事にしたい」と言う子供の、保護者の方もいるかもしれませんね。

表現の世界の厳しさは、ご想像の通りです。社会的地位も、経済的な安定も、なんの保証もない仕事です。親や先生が心配したり反対したりするのは当然のことです。だから、分かり合えない場合だってあると思います。僕は、それでもいいと思います。やるやつは、やるなと言ってもやるんですから。

逆に、大人が子どもに「天才かもしれない」などと、物や環境を無尽蔵に与えることは、長い目で見たらかわいそうな事です。表現者を目指すという障害物競走の、貴重な第一関門を奪っているのですから。

大人は、心配して、疑問を投げかけて、きちんとコミュニケーションを積み重ねてください。「この子なら、挑戦させる価値はあるかもしれない」と思ったなら、なおさらふさわしい態度で向き合ってあげてください。僕は、反対してくれた大人たちに感謝しています。

さて、こんな僕の人生に、珍しく興味を持ってくれた先生がいました。高校生の僕は、興味のないことにはまともに取り組もうとしない、ダメな生徒でした。当然、そんな僕に周りの大人は否定的でした。でもその先生は「勉強しろ」と言うのと同時に「得意なことはもっと勉強しろ」という態度で向き合ってくれたんです。

国語の先生でした。小論文を提出したら、漢字の間違いを指摘しつつ「面白かったよ」と笑ってくれました。「芸術の勉強には、海外に行くといい」というアドバイスをくれました。僕が美大生になってからも、わざわざ個展に足を運んでくださいました。

ちょっと変わった先生でした。落語研究会出身で、授業中に落語を披露してくれたりしました。職員室に会いに行くと、首からギターを下げたまま出てきたり。あきらかに今の僕を形成するのに影響を与えてくれた、変な大人でした。お元気だろうか。おかげ様で、僕もまんまと変な大人になりましたよ。

表現を仕事にする
人のための仕事術

アイデアの出し方

「どうやってアイデアを思いつくんですか」なんて、よく聞かれます。アイデアって「ひらめく」とか「おりてくる」とかって言われることがありますよね。でも僕は、なんにもひらめきません。天から何かがおりてきたりもしません。それでも僕はこれまでに、ストーリーとか、演出とか、山ほどアイデアを出してきました。

では、どうやっているのか。僕の場合の「思いつく」を分解したら、二段階ありました。まずは「気がつく」、そして「たどりつく」です。

アイデアって、大発明や立派な虚構を生み出すこととは限りません。実はアイデアとして使える材料が、すでに事実として存在することがあるんです。

事実って、最強です。とにかく説得力があります。逆に、事実ではないフィクションだけで作品をつくろうとすると、観客を説得しにくいんですよね。自由すぎちゃって。


例えば、僕が脚本を書いて演出をした『TAKEOFF〜ライト三兄弟〜』という演劇作品があります。ライト兄弟の飛行機、ライトフライヤーには、記録に残っていない幻の機体があり、それを復元して飛ばそうよ。というストーリーです。

実はこれ、思いついたというより、気がつき、たどりついたアイデアなんです。

飛行機を題材にした物語をつくろうと思い、ライト兄弟についていろいろ調べていました。すると、ライト兄弟は、だいたい1年に1機のペースで飛行機をつくっていたことがわかりました。けれど、ある年だけは、新作飛行機の記録が残っていませんでした。それが、ライト兄弟がアメリカ軍に呼び出されていた期間と一致していることに気がつきました。しかも、その翌年に発表された飛行機が、一気に進化していたんです。ここでたどり着いたんです。空白の1年間に、ライト兄弟は軍協力のもと、飛行機をつくっていたのではないか、ということに。
ライト兄弟が、1年に1機発表していたことも、1年間空白があったことも、そのときアメリカ軍に呼び出されていたことも、翌年の飛行機が大きく進化していたことも、僕の創作ではなく、事実です。それをもとに、気がつき、そして、たどりついたストーリーなのです。

いつも作品のためのアイデアを考えるときは、見落としている面白い事実がないか、視点をコロコロ変えながら探すようにしています。

こうして0から1を生み出せれば、それはとても強い財産になります。そこにアイデアを重ねたり、角度を変えたりしながら、新たな作品へと展開していくことができます。

例えば、パラリンピックの開会式のためにつくった脚本は、前記した『TAKEOFF～ライト三兄弟～』を元に膨らませたものです。障害を持った主人公が、さまざまな出会いを経て成長していくストーリーを、片翼の飛行機に例えて描きました。
パラリンピックはご存じのとおり、障害を持った方々のスポーツイベントです。僕は「福祉」という真面目さ以上に、パラスポーツのかっこよさやエンターテインメント性を意識して、パラリンピックの存在感をより強く伝えるのがいいと思いました。だから、ロックミュージックとか、デコトラとか、空を飛ぶとか、そういう派手めの演出要素を選びました。これも「思いついた」というよりは、パラスポーツをたくさん観て、勉強した先に、気づき、たどりついた、アイデアでした。

「思いつく」は、不確実です。「思いつかない」かもしれませんから。でも、「気がつく」「たどりつく」は、努力の積み重ねで、成しとげることができます。

もがいてもがいて、0・1を得る。それを10回繰り返せば、1にたどりつけます。秩序ある生みの苦しみによる、0から1。時間と労力はかかりますが、正しいやり方だと思います。

「気がつく」にせよ「たどりつく」にせよ、ここにコツがあるとすれば、「まだ思いついていない」ということに焦らない、ということです。

「早く何か思いつかなきゃ」って感覚に囚われるべきではありません。自分がつくっているものが好きで、前向きにいじくっている方が楽しいし、新しいものが生まれると思いますよ。

やる気の出し方

考えなきゃ。書かなきゃ。やらなきゃ。なのにどうにもやる気が出ない。そういうことって誰にでもありますよね。よく聞かれるんですよ。やる気の出し方。なんで僕に聞くんでしょうか。やる気満々に見えるんでしょうか。

僕の、やる気との向き合い方はこうです。

例えば、なんだかボーッとしてて、ぜんぜん手を動かす気がしないんだったら、そのままボーッとし続けちゃいます。ボーッとしている状態って、実は脳がゆっくりと情報を整理しているらしいんですよ。それによってアイデアを生み出しやすい頭の中になっていくのなら、僕はその大事な脳作業の邪魔はしません。やる気があってもなくても、体の中では創作活動が進んでるんです。手が動いてないからといって、とくに焦ることもないと思っています。

とはいえ、締め切りもある。そう悠長なことも言ってられない場合だってありますよね。そこで、やる気のなさをなんとかしなければならない緊急性に合わせた、僕がやっている対処法をご紹介します。

1ミリ作戦

まったく手をつけてない状態のものに突入するための方法です。

これ、いいですよ。やる気になってないまんまで、すごいちょっとだけやる、というものです。

例えば、なにか書かなくちゃいけない原稿があったとする。「やんなきゃなー」と思ってるけど、やる気にはなっていない。そんなとき、原稿用紙をぺろっと1枚机の上に置く。以上。

原稿を書くという作業に100の工程があるとしたら、「その1、原稿用紙を出す」が、今終わったんです。あと99。もう、100はない。これが結構大事で、次にやる気が1ミリ出たとき、原稿用紙すらテーブルに出ていなかったら、それすら面倒くさく感じてしまうかもしれません。でも、もう出てる。

「部屋を片付けなきゃなー」の場合は、散らかっている何かを一つだけ片付ける。「お風呂入んなきゃなー」の場合は、くつしたを片方だけ脱ぐ。こうやって、やる気の通り道を、じわじわあけていくんです。

出しっぱなし作戦

途中まではやってあるんだけど、続きをやる気がしないときの方法です。いくら今やる気がないからって、やる気がない状態が一生続くわけじゃないですからね。一瞬「ムラッ」とやる気が出るときもあります。いわゆる創作衝動です。こういうのは逃したくない。だから僕は、いつでも作業に取り掛かれる環境に身を置くようにしています。

僕のアトリエには、つくりかけのものが、つくりかけのまんま出しっぱなしになっています。ストーリーボードは壁に貼りっぱなし。描きかけの絵はイーゼルに立てっぱなし。書きかけの文章は、ワープロソフトを開きっぱなし。思いたったらすぐ入力。

この「出しっぱなし作戦」にはもうひとついいことがあります。特にやる気のないときでも、つくりかけの作品が視界に入っているんですよ。僕の場合これがあんがい大事。積極的に注視するんじゃなくて、なんとなく眺めている。そんなときに次の一手に気がつくことが、けっこうあるんです。

便乗療法

誰かのやる気にあやかる方法です。

これはわりと即効性があります。おすすめは、なにかのメイキング映像を見ること。映画の撮影現場の様子、スポーツ選手がトレーニングしている姿。頑張ってる人を見ると、頑張れちゃったりします。

以前NHKで仏像を彫っている人の番組を見て「よし、コントを書こう」って思ったことがあります。なにかを生み出している人を見ると、自分も生み出したくなります。

やる気のなさを無視する

問答無用の最終手段です。

いよいよ時間がない。そんなときは、やる気があるとかないとか関係なく、ただ、やる。やる気のない自分を、無視するんです。

いざやり始めたら、あんがいそのまま最後までやれちゃうこともあるもんです。世の中のほとんどの人がこれじゃないですかね。やる気があるかないかじゃなくて、やでもやる。それが自分の仕事なんだから、やらないという選択肢はない、という具合に。

でも、やる気のない自分を完全に無視なんて、なかなかできないですよね。やる気のない自分、かわいいですものね。甘やかしたいですよね。遊びたい。寝てたい。めんどくさい。なにもしたくない。そんな自分を貫く人生というのも、あるんじゃないでしょうか。ただ、そういう人は表現を仕事にしない方がいいです。

締め切りとの付き合い方

みなさん「締め切り」はお嫌いですか？　作品を完成させる力と、締め切りとの付き合い方についての話です。

どんな作品でも、ゼロから完成を目指すのは本当に長い道のりです。作品を最後までちゃんと完成させることが苦手、なんていう人もいると思います。

僕はどんな原稿でも、締め切りまでに絶対に完成させます。これ、プロだからとか、才能がどうとか、そういう話ではありません。物理的に作品を完成までもっていく方法があるんです。このやり方にたどり着いたときから、僕の創作過程は一気に充実しました。

絶対に完成させる方法。それは、とりあえずいったん〝ダメ完成〟させちゃう、というものです。

短くていいから、スカスカでいいから、とにかく、いったん完成させちゃうんです。一応、最初があって、最後がある。これはこれで、ダメダメなりに完成です。

そして、なぜこれではまだダメダメなのか、どこがスカスカなのかを明らかにして、ひとつひとつ取り組んでいくんです。こうすることで「作品を完成させる」というでっかい一個の課題が、いくつかに分解されます。自分の作品でありながら、課題を客観的に判断できるので、だんぜん取り組みやすくなります。

未完成品を完成品にするのではなく、ダメな完成品を良い完成品にするんです。これ、楽しいんですよ。僕はスタッフに「完成しました」と原稿をわたして、またしばらくして「すいません、ちょこっと直しました」と再提出することがしょっちゅうあります。そんなとき、きっとスタッフはこう思っているでしょう「まだですか？」と。でもこれは「まだ完成しないんですか？」じゃなくて「まだ完成品をいじくっているんですか？」ということですので、どこでぶった斬られても、一応締め切りは守られているわけです。

だからこの「締め切り」という存在が、すごく有難いものだったりします。何回も完成を重ねていくなかで、本当に「もうこれ以上は良くする余地がない」なんてことは、たぶんないんです。「芸術に完成はない」というのは本当のことで、完成がないからこそ「ここを完成とする」というふうに決めなければならない。完成品の更新をストップさせる境界線。これをバシッと区切ってくださるのが、シメキリ様なわけです。

締め切りって「守るもの」ですけど、創作のペースを「守ってくれてるもの」でもあるんですよ。

表現と睡眠

創作活動にとって、睡眠はとっても大切です。そのスタイルは人によって様々。僕の周りのクリエイターたちも、朝型、夜型、ショートスリーパーなど、いろいろです。僕は就職しているわけでもないので、基本的には寝る時間も起きる時間も、自然な眠気に任せてます。それでも、なんとなくパターンはありますけど。

朝は、けっこう早く起きます。季節によってはまだ暗いです。で、いきなり机にむかいます。文なり、絵なり、書きかけの企画書なり。とにかく目覚めて一分後には、なにかつくってます。

一日の中で、情報ってどんどん入ってきます。けれど、起きたてほやほやの自分は、生まれたてほやほやみたいに、まだなんにも知らない。いえ、なんにも知らないってことはないいんですけど、24時間の中で一番プレーンな自分でいられるのって、寝起きだと思うんですよ。だから、雑念なく作品に向き合えるんです。これが寝起きワークの最大のメリットかもしれません。

それと、世の中はまだ起きてないのに、自分だけがこっそり働いてるという背徳感も、ちょっと面白かったりします。


こうして、夜と朝のあいだの、自分だけの時間を過ごします。やがて、ニワトリが叫び、遠くからは電車の音が聞こえてきます。ああ、世の中が動き出したのだな、となる。換気して、コーヒーいれて、朝が来たことを認める。「朝よ、お前がやってきたことを認めてやる」という感じ。


そしてなんと、もう一回寝たりします。僕はこれをセカンドスリープと呼んでいます。二度寝とは違いますよ。一回ちゃんと起きて働いてるくらいですから。

「コレヨリ、セカンドスリープニ、ハイリマス」

なんかサイボーグみたいでかっこいいでしょ。

午後、昼寝をすることもあります。ストンと、30分くらいでしょうか。眠いのを我慢しながら仕事してても効率悪いんで、眠ければ寝ます。これが2時とか3時くらいの、世の中がバリバリ動いてる時間帯だったりすると、ちゃんとした社会人のみなさんに申し訳ない、なんて思いながら、気持ちよく眠ります。夜、寝る直前まで元気になにかつくってるときは、昼寝の威力を感じます。

こんな自由形睡眠の僕でも、大きなプロジェクトに向き合っているときは、話が別です。チームと足並みを揃えて働きますし、それ以外の時間で自分の仕事をするので、自動的に睡眠時間が減ってしまうこともあります。だから、例えば千秋楽の翌日なんかは、ごっそり取り戻すように眠ります。15時間くらい寝ることもあります。少しだけ時差ぼけになります。

電車の音が聞こえてきました。おはようございます。

インプットとアウトプット

一つの舞台公演が終わる。一つの展覧会が終わる。一冊の本の執筆が終わる。そうやってまとまった仕事が終わると、僕はいつも「お客さん」という立場になるようにしてきました。海外旅行に行ったり、劇場をハシゴしたり、やったこともないゲーム機を買ってみたり。ババーッとお金使って、半ば無理やりに好奇心を満たそうとしていました。

アウトプットした後には、次の作品をつくるために「インプットしなきゃ」って思い込んでいたのです。周りの人からも言われてたんです。枯渇しない為には旅がいい、とか、いろいろ観るといい、とか。

けれど、何をしてもなんとなく満足できなくて、なんだか無駄遣いになってしまうこともありました。だから、僕は観客になることや、何かのファンになることが下手なんじゃないか、なんて思っていました。

そして毎度のことなんですが、

「結局、次の作品に取り掛かるのが一番楽しいな」

となり、再び机に向かうのでした。

僕は誤解していたのです。欲しかったのは、外から何かをインプットすることじゃなかったんです。つくる充実感が終わってしまった穴を、埋めようとしていただけなんです。

だから、一つの作品が終わると、すぐに次の作品に取り掛かります。

ただし、それは仕事とは限りません。ある映像作品をつくり終わった後「やれやれ」という気分でアトリエの定位置に座り、黙って壁を見ていました。自然とこう、壁一面に本棚をつくりたくなり、測量開始。ホームセンターに走り、数日かけて完成させました。木の箱を正確につくるには、様々な知識や技術が必要でした。おのずと、インプットがありました。

ある舞台のツアー公演が終わった後「やれやれ」という気分で、アトリエの庭の雑草を刈っていました。敷地の一部から、細く水が湧いているのを発見。自然とこう、ビオトープをつくりたくなり、土木作業開始。水辺に動植物の循環をつくるには、様々な知識や技術が必要でした。またもや、インプットです。

僕の場合、仕事じゃないアウトプットも、結果、仕事へのインプットになることが多いみたいです。遊びのつもりで描いていた水彩画の技法が、そのまんま舞台美術に活かされたこともあったりしました。

もちろん、自分以外の表現者の作品を、お客さんとして楽しむことは、絶対に無駄なんかじゃありません。誰かの素晴らしいアウトプットに触れ、しっかりヤキモチを焼いて「よーし、自分だって」という気持ちになれば、それは次への原動力になりますからね。

何かを生み出す仕事にもいろんなジャンルがありますし、インプットとアウトプットとの関係性も人によって違うことだと思います。表現という呼吸。みなさんはどうしてますか？

古くならない作品のために

舞台も映像も本も、何にせよ作品づくりは大変です。せっかく苦労してつくるんですから、いつまでも色あせず、愛され続けてほしいものです。

時間が経っても古く感じない作品をつくるには、どうすればいいのでしょうか。

まず単純に、新しい材料を使わなければ、作品は古くなりません。

時代劇を観て「江戸なんてもう古い」とはなりませんよね。古くて当然の、過去の事実なのですから。

最先端のものは、時間が経てば最先端ではなくなります。作品に流行を取り入れると、その流行が終われば、おのずと作品も古くなっていきます。だから、10年後に観た人に「10年前だな」と感じさせるような要素は、選ばないようにしています。

それに僕は、作品の前に座ったすべての観客は平等であるべきだと思っています。年齢も性別も関係なく、全員を楽しませたいんです。だから、今流行りの何かを知らないから笑えない、ということは避けたいのです。

逆に、積極的に取り入れている材料があります。それは「普遍的な事実」です。五十音やアルファベットの形や順序。曜日や季節などの、カレンダー上のルール。タネ→芽→つぼみ→花　といった自然の摂理による展開。りんごは木から落ちる。トランプには4つのマークと13までの数字がある。……などなど。観客と共有できる、普遍的で美しい材料は、この世界に溢れています。これらは古くなりませんし、誰の著作物でもないから、使い放題です。

例えば、僕の作品に『うるう』という演劇があります。うるう年のうるう日に生まれた主人公が、4年に1歳しか歳を取らないオバケになって、その長すぎる人生に翻弄される、という物語です。2月29日は4年に1回しかない。これは僕の創作ではなく、事実です。だから、強いんです。

オリンピックの開会式の全体構成には、点→線→面→立体→空間→時間　という、次元の並びを使いました。植物の種という、ひとつの点から始まる。人と人とのつながりを光の線で表現する。平面のピクトグラムが立体になる。ドローンでの空間表現。そして、音楽と伝統芸能という時間軸を持った表現。という具合に。

言葉やテーマだけではなく、演出の手段もまた、古くならないものを選ぶようにしています。最先端の映像技術を駆使するのもいいけれど、影絵遊びやカキワリなどの昔からある効果だって、面白いビジュアル表現はできます。

アナログ表現には、故障の心配が少ないという良さもあります。以前、海外でパフォーマンスをした際、機材トラブルがありました。原因は、日本とヨーロッパとの電圧の違いでした。それでも、僕が手で動かす舞台装置には一切のトラブルはありませんでした。当たり前です。僕の手に電圧は関係ないですから。動く舞台装置をつくるときは、できるだけ人力を使うようにしています。

世の中には、長く愛される作品もあれば、消費され忘れられていく作品もあります。

どちらが良い悪いということではありませんが、僕が目指したいのは、やはり前者です。日に焼けて色が薄くなったプラスチック容器って、嫌な古さを感じますが、長く使われた革製品は、時間経過が更なる魅力になったりしますよね。この素材感の差にも似ているように思います。

『鳥獣戯画』は、およそ800年前の作品と言われています。僕は描いた人の顔も名前も知らないけれど、あの作品が大好きです。これってすごいことですよね。もしも遠い未来に、僕を知らない誰かが、僕の作品で笑ってくれたら、それは本当に素晴らしいことだなと思います。

制限は、あったほうがいい

高校生の頃、ラジオ番組にネタを投稿する、いわゆるハガキ職人をやっていました。番組から出されたお題に対して、面白いことを考えて送るんです。「○○の替え歌を募集します」や「こんな○○な奴を教えてください」みたいな。お笑いが好きなインドア少年の僕にとって、ラジオから自分のラジオネームとネタが聞こえてくることは、なかなか興奮する出来事でした。

ラジオ番組からのお題という制限の中で、自由にネタを考える。この「制限」というのが、面白いことを考える上で、とても重要なんです。

今でも僕は、作品をつくる上で「制限」を大事にしています。制限があるからつくれる、と言ってもいいくらいです。
僕が意識する制限を分類したら「場にある制限」「自分でつくる制限」「与えられる制限」の3種類がありました。

場にある制限

例えば、表現の場が劇場なら、
・舞台の面積、天井の高さ、ソデの深さ、などの物理的な制限
・客席の数だけ視点があり、アングルを制御できないという制限
・舞台は生モノであり、やり直しや編集がきかないという制限
・上演初日までの時間制限
などがあります。

場の制限からは、その場ならではの「やってしかるべきこと」を導き出すことができます。映像、出版、展示など、それぞれの表現の場に、それぞれの制限があります。

ラジオという場が持つ「音声のみでの表現」というのも、とても魅力的な制限のひとつです。

個展を開催した際、会場の邪魔な位置に大きな柱がありました。この制限をなんとか利用しようと思い、柱を木の幹に仕立てて、森の中の展覧会、という演出にしました。

自分でつくる制限

場の制限に加えて、自分で考えた制限を設けて作品をつくることがあります。自由度のあるところに、わざわざ制限をもうけるんです。

コントなら「音響や照明の使い方を制限する」とか「使うセリフを制限する」とか「出演者の動きを制限する」とか。

漫画を連載しようとなったときも「漫画である」という制限以外に、「1ページに収まる表現にしてみる」という制限をつくって始めました。「1枚の紙で人を楽しませる」って考えたら、とてもワクワクしたのです。魅力的な制限さえつくれれば、創作は一気に走り出します。

与えられる制限

災害や感染症などの社会的な事象も、表現を仕事にする者にとっては制限になってきます。こういうことって、何かが奪われたように見えるかもしれないけど、実は「与えられている」とも言えると思うのです。

僕の現場でも、感染症の影響から、コントの全国公演を中止にして、音声コントの配信に切り替えたことがありました。この音声のみによる表現が、すごく楽しかったんですよ。なにしろ完成までが早い。書き上がったコントを、その場で読んで、録音して、編集して、完成。このスピード感は、舞台で上演するコントとは桁違いです。しかもセリフや動きを、完全に覚えなくてはならない舞台と違って、音声コントならマイクの前で台本を読みながら演じればいいので、役者への負担も少ない。たとえ出演者が多いコントであっても、バラバラに録音して編集で繋げば、見事に会話劇が成立してしまいます。

音声コントは、舞台を収録した映像のような二次媒体ではなくて、これ自体が一次媒体です。都市部にある劇場まで来にくい遠方のお客さんも、みんな同じ条件で楽しむことができます。

　こうして、感染症による制限の中から、そのときにこそ導き出せる面白いことを選んで、表現を続けることができました。この経験は僕にとっても大きな学びになりました。

「場にある制限」「自分でつくる制限」「与えられる制限」。どんな制限も、作品を生み出すための、貴重なキッカケになります。

　もしラジオから「制限なしで、なんでもいいから面白いこと書いて送ってくださ い」なんて聞こえてきたら、高校生の僕には何もできなかったかもしれません。

「それっぽいこと」にとらわれない

「まるで映画のワンシーンみたい」って言いますけど、それってどの映画のワンシーンのことなんでしょうか。映画の切り抜きなんて幅が広すぎて、例えには向かないようにも思うのですが。少なくともゾンビ映画を思い描いて言ってる人は、いなそうですよね。もっとこう、なんというか、素敵っぽいあれですよね。

「絵画みたいな風景」って言いますけど、それって誰のどの絵画のことをイメージして言ってるんでしょう。少なくともゾンビの絵を思い描いて言ってる人は、いなそうですよね。もっとこう、なんというか、素敵っぽいあれですよね。

他にも「漫画みたいな展開」とか「小説のような出来事」とか。こういう言い方って、たくさんあります。

これらは、ぜんぶ「概念」の話です。創作に向き合う者にとって「概念」は、とてもよろしくない罠です。0から1を生み出す際に、概念にとらわれてしまうことが、どれだけマイナスか。

概念としてのコント、概念としての演劇、概念としての絵画……。概念に囚われて「それっぽいこと」をやるって、オリジナリティの逆を目指すことになります。だからといって「概念の逆を目指しましょう」という意味でもありませんよ。そもそも概念を意識している時点で違うのです。「演劇なんだから、こうじゃなきゃ」も「普通の演劇はやりたくない」も、どちらも軸足が概念にある考え方です。

僕も、概念にまんまと引っ張られた経験があります。

「概念の底上げをしなくちゃ」そう思った僕は、ニューヨークのブロードウェイに住んでみたことがあります。エンターテインメント漬けの半年を過ごしました。そして気付いたんです。そもそも「概念の底上げ」なんて意味がない、ということに。

いかにオリジナリティのある作品を生み出すか、そういうところで戦いたいはずの僕が、「概念」つまり「それっぽいこと」を軸足にしようとしてしまっている。こんなの正しいわけがない。

たとえ最先端、最高水準の「概念」を得たとしても、それらはどんどん更新されるものです。そこに流行も重なりますから、保存が効きません。だったら常に最新のものを輸入し続ければいいのかというと、それでは一生お手本の真似をし続けることになってしまいます。

では、正しい軸足とはなんなのか。

それは、もっと本質的なことでした。「人は、何を面白いと思い、何に感動するのか」ということです。これは人の著作物から学ぶことではなく、人間の中に答えがあることです。「概念」や「それっぽいこと」で到達できることではありません。

観客は「概念」とか「それっぽいこと」に興味を持っててていいんです。でも、表現者としてオリジナルを生み出そうというのなら、持つべき視点は違うはず。

クツをつくるなら、お手本のクツを見るのもいいけど、人の足をよく見ろ、ということです。

表現と健康

今、左手の小指の付け根を蚊に刺されてるんですけど、こういうのってずっと気になっちゃいますね。「かいちゃだめだ」「よけいかゆくなるぞ」「触んないほうがいい」「ちょっと硬くなってきた気がする」「かゆいよう」……ああ、創作の妨げ。ちょっとの切り傷とか、ちっちゃいトゲが刺さってるだけでも、そのわずかな痛みに生活を支配されてしまいます。

怪我に注意することはもちろん、風邪の予防など、自己管理の範囲でなんとかなることは、きちんとしたいものです。コントや演劇の現場では、風邪や怪我に『注意』ではなく、もはや「禁止」です。うちらの稽古場ではよく「風邪ひいたらぶっ殺す」

なんていう変なルールが飛び交っています。

健康状態と表現活動は直結しています。元気がないと、なんにもできない。絵本を執筆していたときのこと。何日も座り続けて絵を描いて、手や尻を痛めてしまいました。腕じゅうに湿布を貼って執筆してる姿は、なんというか「やってる感」がすごい。これ、一見頑張ってて充実してるようにも見えますが、はっきりいってプロ失格です。「体壊すまで頑張った」だの「寝ないでつくった」だのって、まったくかっこいい話ではなく、ただ自己管理ができてないってこと。「ここまでやる俺ってプロ」などと美化しちゃいけません。これに関しては、僕も反省が多いです。

コントの中で、立っている状態から気を失うシーンを演じたとき、どうすればうまく表現できるかを考えて、一気に全身の力を抜いてみようと試みました。わざと受け身を取らず膝から落ち、ステージにバタンと倒れました。自分でもいい気の失いっぷりだと思いました。

けれど、これは間違った考えでした。そんな怪我の危険性のある演技を繰り返していくうちに、僕の膝はしっかり故障。膝のクッションである半月板を損傷し、摘出手術に至ったのでした。痛すぎて本番直前に麻酔を打ってステージに立ったときには、さすがに「ここまでやる俺ってプロ」とは思いませんでした。怪我をしたら明日同じクオリティーのパフォーマンスができなくなる。そういうふうに考えるべきでした。

もちろん、どんな表現を仕事にしても、やってるのは生身の人間ですから、不調をゼロにすることはできません。でも、そのためにできる事前の準備と事後のケアを全てやるのは、表現を受け取ってくれるお客様に対する礼儀です。……なんてことは、わかっちゃいるんです。ああ、反省の多い表現者人生。とりあえず、小指の付け根にムヒ塗っときます。

相談のコツ

僕は、あんまり人に相談をしません。これには理由がいくつかあります。ひとつは、自分だけで解決した方が、自分のためになると思っているから。僕にとって何か解決したいことがあるとすれば、そのほとんどが創作に関することです。創作の中で問題にぶつかったときは、自分で考えて自分で解決していくことが、表現者として一番成長できる方法だと思います。

誰かに相談をして、意見をもらい、そのとおりにしたのに、作品が良くならなかったとします。それでも、これは相談に乗ってくれた人の責任ではありません。うまくいってもいかなくても、自分の表現は自分の責任です。

それに僕の場合、人に相談することで、逆に苦しくなってしまったりするんですよ。なにか人から意見をもらったら「聞かなきゃいけない」っていうプレッシャーを感じてしまうんです。

今これを読んで「べつに最終的には自己責任で判断すればいいんだから、何もプレッシャーになんか感じることはあるまい」って思う人もいるでしょう。でも、それが苦手なんですよ……。「いただいた意見のとおりにして、うまくいきました、ありがとうございました」って言いたい。ということに執着してしまうんです。

だから、もらった意見とは違う判断になったとき、意見をくれた人が気を悪くするんじゃないかと、気にしすぎてしまうんです。これ、共感してくれる人いますかね。

僕が人に相談しないもうひとつの理由は、人に相談したけれど、問題を解決することができなかった経験があるからです。

以前、お世話になっていた目上の方がいて、しばしば報告や相談をする機会がありました。その目上の方というのが少し個性的な人で、同じ相談を何度しても、初耳かのような反応をされてしまったり、僕が相談をしている途中で、話を遮られてしまったりしました。論点のずれた返事が返ってくることも多く、会話がすごく大変でした。ある問題をその人に相談したのですが、問題は解決どころか、とても長引いてしまいました。相談は、相手を選ぶことも大事なのです。

僕が人の相談に乗るのが上手かというと、全然そんなことはありません。以前、後輩からの相談に、すごくダメな対応をしてしまったことがあります。

コントのつくり方についての相談でした。僕にしてみれば得意中の得意なことですから、役に立ちたくて、積極的に相談に乗りました。

「お忙しいのにすいません」なんて言われたから、

「なんでも相談してくれていいぜ。俺にコントより大事な予定なんて、ないぜ」なんて、かっこつけたりして。

後輩は僕に、書きかけのコントの台本を見せてくれました。「どうすれば面白くなるでしょうか」という相談でした。

確かに、改善できそうなポイントがいくつもありました。本人の意見を聞いても、なにも出てきません。そこでもどかしく思った僕は、ついつい「書いてあげちゃう」ような答え方をしてしまったのです。

だって僕からしたら、どうすれば面白くなるか、どんどん思いついちゃうんですもの。でも、それをどんどん伝えちゃうのは、よくなかったと思います。答えではなく、ヒントだけを伝えて、もっと後輩の自主性を重んじるべきでした。

そもそもの話ですが、人に相談することも大事ですけど、その前に、しっかり自分に相談することが大事なんだと思います。自分に相談しないで、いきなり誰かに助けを求めるなんて、他力本願すぎますからね。いくつか自分の考えに到達した上で、誰かに相談して、見落としていた角度に気がつく。これが相談の威力だと思います。

プロとしての、コメントの責任

プロとしてコメントを求められたときの、気遣いについての話です。

審査員のような立場を何度か経験したことがあります。できるだけいいところを見つけてコメントするようにしてました。よく「自分は褒められて伸びるタイプ」なんていう人がいますけど、全員そうなんじゃないですかね。褒められて、調子に乗って、前向きに創作ができるなら、それが一番ですよ。逆に、叱られて伸びる人って、本当にいるのかしら。いるのかもしれないけど、僕は違います。叱られたら、シクシク泣いて、甘いものとかを食べます。

審査員とか、解説者とか、評論家とか。そういう人のコメントというのは、その分野をよく知らない人にとっての道案内になると思うんです。

ソムリエを想像するとわかりやすいと思います。ワインの知識が豊富で、説明が上手。そんな専門家が、お料理に合うワインを教えてくれる。とても頼もしい存在です。

しかし残念ながら、世の中にはお客さんの手助けではなく、逆に邪魔をしてしまう専門家もいます。作品の良くないところだけを指摘する人です。それでは、解説というより、ただの悪口になってしまいます。

以前テレビでフィギュアスケートを見ていたら、解説の方がネガティブなコメントばかり言う人でした。「あ、またミスしましたね」「あ、また着地が乱れましたね」「あ、これは減点対象になります」など。いいところもいっぱいあるのに。衣装も素敵だったし、転んでもすぐに笑顔で演技を続けていたし。

ある子供が「フィギュアスケート、かっこいいなあ、やってみたいなあ」なんて思っていたとします。こういう子ども達は、どの世界でも財産です。しかし、解説がネガティブ発言ばかりの中継を観たら、何を思うでしょう。

「みんなが見てるところで、こんなに悪口ばっかり言われるなら、やりたくないな」

なんて思うかもしれません。その解説者は、業界の財産を潰したことになります。表現を仕事にするということへの入り口は、観客として感動することからです。その感動の妨げは、絶対にするべきではない。

もちろん、厳しい世界である、ということを知るのも大切なことです。けれど、それとこれとは全く違う話です。そういうことは、その世界に足を一歩踏み入れたときに「憧れだけではやっていけないんだな」と、自分で気づけばいいんですから。

何かを嫌いにさせることが目的のものなんか、この世界にひとつも必要ないと思います。嫌いなものを「嫌いだ」と伝えまくっている人を、好きにはなれませんよ。それより、その人の好きなものを知りたいです。

以前、コントのための演技のワークショップをやったことがありました。参加してくれた役者のみなさんの実力はバラバラで、上手な人もいれば、そうでもない人もいました。

参加してくれたみなさんは、役者業できちんと結果を出せているわけではありません。それに対して僕は、一応、コント表現の先輩で、それなりにキャリアも重ねています。だから、参加してくれたみなさんにとって、僕のコメントは「正解」として受け取られてしまいます。こんなときこそ、気遣いが必要だと思うんです。
だって、表現にとって、正解はいくつもあるのですから。その人なりの正解に辿り着いてもらうのが一番です。だから、否定的な表現は避け、かつ、出口の多いヒントをお伝えするように心がけました。「ここが悪い」ではなく「こうするともっと良くなるかも」とか、「それじゃだめ」ではなく「他の答えも見てみたい」とか。

審査員のような仕事の依頼は今でもありますが、お断りするようにしています。きっと僕は、自分がまだ審査される側の存在なんです。誰かの何かを審査できるような立場ではないのです。まだまだ褒められたいんだと思います。褒められて伸びるタイプなんで。

表現を仕事にして
学んだこと

表現者にできる社会貢献について

2011年3月11日。

東日本大震災が起きたのは、ソロパフォーマンス『ポツネン』の、全国十一都市ツアー、最初の地。東京公演の三日目のことでした。劇場が海沿いということもあり、心配してくださった皆さんから連絡を頂きました。東京の交通網は、麻痺。僕らは帰ることができず、劇場で一夜を過ごしました。対岸では千葉県のコンビナート火災が空を赤く染めていました。

翌朝、東京公演の中止を発表しました。その先の公演のことをどう判断すべきか、僕は悩みました。

「こんなときに」という思いと「こんなときだからこそ」という思い。表現者として、人間として、僕がやるべきことは何だろう。

予定されていた山口、広島、大阪の公演を開催することになりました。「この未曽有の事態に娯楽だなんて」とも思いました。それでも、日本の劇場文化を担う者のひとりとして、やるべきだと考えました。劇場があって、舞台作品が上演されて、お客様が来て、みんなで楽しんでいる。このあるべき姿を貫くことが、日本の「普通」をつくることだと思いました。けれど、あの惨状を知った上で人を笑わせるという気持ちには、なかなかなれませんでした。力づくで自分をねじ伏せ、本番に挑みました。各会場に、被災地支援の為の募金箱を設置して、ご協力を呼びかけることにしました。

被災地、仙台の公演が中止になりました。劇場が壊れてしまったのです。

その後、新潟、福岡、静岡、京都、札幌、横浜、名古屋、東京振替公演へと、上演は続きました。

確かな事は、僕はずっと笑い声を聞いていた、ということです。山口も、広島も、大阪も、新潟も、福岡も、静岡も、京都も、札幌も、横浜も、名古屋も、東京も、みんな繋がってるって思いました。

各会場でご協力いただいた義援金は800万円を超え、日本赤十字社を通じ、被災地に役立ててもらいました。

それからしばらく経って、仙台の劇場が改修され、振替公演を上演することができました。お客さんは、全力で楽しんでくださいました。嬉しかったです。

こうして、長期間に及んだ全国ツアーは、やっと千秋楽を迎えたのでした。

震災直後の日本列島の、十二もの都市を旅するという経験は、僕に多くのことを教えてくれました。「大震災」という僕たちに投げかけられた問いに対して、こんなにも多くの視点や立場があるものだと知りました。

その後も、大きな災害などがあれば、チャリティーイベントを開催したり、コントの動画をYouTubeにアップして、収益を募金したりしています。

プライベートでもできる範囲のことはしていますが、一人の行動では、小さなことしかできません。でも、表現活動を通して広く発信すれば、出演者のみんなやお客様からのご協力が重なって、大きな社会貢献を果たすことができます。これもまた、表現を仕事にしたことによる喜びです。

表現活動を、いつ始めるか、いつ辞めるか

表現活動って、いつ始めるのが正解なんでしょうか。

例えばクラシック音楽なんかは、始めるなら早い方がいいと聞いたことがあります。パフォーマーにとって、経験が多い方がいいのは確かです。では、役者はどうでしょう。早く始めた方が上手くなるというのなら、全ての子役が名俳優になっているはずです。

表現活動の始めどきは、ジャンルによって、また、人によっても違うみたいです。サラリーマンを経てから、小説家として成功した知人がいます。50歳から落語家を目指し始めた友達なんかもいます。素晴らしい。

表現活動は、いつだって始められるんです。自分が始めたいと思ったときに、始めたらいいいんだと思います。

では、辞めるのはいつが正解なんでしょうか。

スポーツ選手の現役寿命のような考え方ができる表現ならば、辞めどきはありそうですね。生涯現役という生き方も、かっこいいと思います。

表現に定年退職はありません。例えば漫画家や小説家って、どこかの雑誌の連載が終わったとしても、別に退職とは限らないですよね。また新しいのを書いて発表すればいい。発表できる場ならいくらでもあります。表現は、やりたい人が、やりたいときにやることです。そして、やめたくなったら、自分の意思でいつだってやめられるんです。

表現活動の始めどきと辞めどきに、正解・不正解はありません。いや、もう、全部正解なんだと思います。

不正解があるとすれば、他人からの押し付けによる場合です。誰かから「辞めさせてもらえない」という続け方や、「続けるな」と誰かから言われて辞めること。こういうのは、すごく良くないと思います。表現者の人生は、表現者自身のものです。他人がメスを入れることはできません。やるのも自分。辞めるのも自分。

さて、僕はいつ表現を辞めるかと言うと……、始めた記憶がないから、辞め方がわからないです。物心ついた時から、絵を描いて、お話をつくっていました。とにかく褒められたくて、何かつくっては大人に見せる、そんな子どもでした。そして、それが今もまだ続いている感じです。

もっと歳を重ねて、妖怪みたいな老人になっても、きっとなにかつくってるんだろうと思います。「賢太郎爺さん、またなんかつくってるよ」「どれどれ、観せてみろ、鼻で笑ってやるから」なんて、まわりの爺さん婆さんたちに面白がられてたらいいなあと思います。

思いどおりにいかないからこそ、完成予想図を超えられる

1、2、3、4、5、6、7、8、9、完成。

……というスマートな手順で作品をつくることに憧れます。

僕は舞台や映像など、やまほど作品を発表してきましたが、そういうふうに1から段取りよく完成まで漕ぎ着けたことなんて、一回もありません。

1、2、3、−8、0、X、猿、☆、?、完成。

カオス。なんてダサいつくり方。ちっともスマートじゃない。でも、しょうがないんです。必ず途中で、なんかあります。

思いどおりにいかないことって、創作にとってはネガティブなことばかりでもないんですよ。

例えば、完成予想図を頭の中に描いて、コントの脚本を書く。役者のみんなに読んでもらったら、セリフの言い方が思ってたのと違った。完成予想図に近づけようとしても、なかなかうまくいかない。そこで、違う面白さに狙いを変えて、セリフを書き直す。で、読んでみたら、最初の完成予想図より面白くなった！　こんな展開、よくあることです。

もしも役者が、全てのセリフを僕の想像どおりにいきなり言えていたら、僕の頭の中の完成予想図に収まった作品になってしまいます。僕ひとりの頭の中で考えたことなんて、しょせん脳ミソ1個ぶんの産物でしかありませんからね。超えなきゃ。

思えば僕には、なにかトラブルがあったら、逆に目が輝くようなところがあります。その昔、放送作家の友人から「トラブルマスター」というあだ名をつけられたことがありました。

コント公演シリーズ『ラーメンズ』の初期の頃のことです。コントとコントの合間の転換中、舞台を暗転させて音声だけのコントを流す、という演出を用意していたんです。ところが、本番直前になって機材トラブルがあり、準備した音声コントが再生できないことになってしまいました。そこで、急遽演出を変更しました。幕間の暗転をやめて、薄く照明を入れることにしました。そして、次のコントの準備をわざと丁寧に動いて行い、舞台転換をショーに仕立てたんです。

これがなかなか評判が良くて、結局この「観せる転換」は、僕のその後の舞台作品の定番の演出になっていきました。

こんなふうに、思ってもみない出来事が、完成予想図を超える手がかりになることもあるんです。

そして、思ってもみない出来事は、つくり手を成長させてくれる、とも思います。

「人生が想像どおりにいくほど、人の想像力は豊かではない」

これは、ソロパフォーマンス公演『ポツネン』の劇中で使った言葉です。表現を仕事にしたことで、僕が学んできたことです。

なにかに邪魔されて、思うようにつくれなかったら、その悔しさを知っているからこそ、つくれる作品があるはず。誰かに傷つけられたら、その痛みを知っているからこそ、描ける物語があるはず。どんな思ってもみない出来事も、それを経験したからこそ、たどり着ける表現があるはず。そう実感しながら、今日も得意のダサいつくりかたで、新しい作品に取り組んでいます。

正直であり、嘘つきであること

立方体の絵を描くとします。サイコロや角砂糖のかたちです。一つの視点からは、3面以上の面を見ることはできませんよね。でも、サイコロをガラスのテーブルに置き、視点を変えれば、下から底の面を見ることはできます。しかしそうなると今度は、上の面が見えません。見下ろすものと、見上げるものを、同時に見ることはできないのです。

けれど、絵は自由です。実際には見えなくても、サイコロを好きなように歪《ゆが》ませて描くことだってできます。上からの視点と、下からの視点、両方を一枚の絵にねじ込む。そんな楽しい嘘も、絵画表現の魅力のひとつです。

ただ、見えるままを、嘘なく写実的に描こうとするなら、なんでもありというわけにはいきません。

例えば、人体をデッサンするとします。モデルさんに立ってもらい、自分は座る。モデルの頭部は、見上げた位置にあります。でも、足は、見下ろした位置にあります。見下ろすものと、見上げるもの……。

おやまあ。嘘なく描くつもりだったのに、あの二つの視点によるサイコロの矛盾が発生してしまいました。

そこで、画家は嘘をつきます。見上げた頭部と、見下ろした足、これを違和感にならないように平面上で成り立たせるのです。

自由ほんぽうに遊んで描こうが、きっちり正確に描こうとしようが、どのみち嘘があるんです。実物を絵にするってことは、三次元というリアルを、二次元というフィクションに置き換える作業なのです。


上手に嘘をついて、観る人に美しさや楽しさを伝える。

これは絵画に限らず、あらゆるジャンルの表現に言えることだと思います。マジックショーは、タネを知らないからこそ不思議を楽しめるわけです。テーマパークで会えるキャラクターたちだって、中に人なんて入ってませんよね。

そもそも、演技って、嘘です。ドラマの中の殺人事件で、実際には人は死んでいません。俳優の仕事は、いかに嘘を本当に見せるか。まるでアドリブに見える軽快な漫才。でも本当は、入念に計算され尽くしていたりします。確実に成功できるだけの練習をしているけど、わざとあやうく綱渡りをするクラウン。これらはみな、表現者が観客を楽しませるための素敵な嘘です。

僕も「お客さんの前では、責任を持って魔法使いでいよう」こう思って舞台に立ってきました。ただ、これを貫くことによって、すごくつらい出来事もあったりしました。

舞台公演でのことです。ある出演者が起こした問題にふりまわされて、脚本にも演出にも演技にも、じゅうぶんに力を注げなかったことがありました。それでもカーテンコールで拍手をしてくださっているお客さんの前では、何事もなかったかのようにふるまい、「僕も楽しかったです」という顔をしていました。そして楽屋に帰り「お客さんに嘘をついてしまった」という罪悪感で泣きました。でもこの嘘は、問題を起こした人を守るためですから、僕は正しい判断だったと思っています。

タネや仕掛けを駆使してパフォーマンスをやってきました。つくり手に専念している今は、僕自身がタネであり、仕掛け人です。信じてくれるお客さんを、最高の嘘で楽しませたい。そのために僕は、正直であり、嘘つきであろう。この思いは、ずっと変わっていません。

悩みの種との向き合い方

悩みごと、心配ごと、胸のつかえ。そういうことって、表現の妨げになります。シェイクスピアやゴッホみたく、それが題材や原動力になればいいのですが、いかんせんこっちは呑気なコントおじさんです。心は軽いほうがいい。

舞台に立っていたときは、どんなに悩みごとがあろうと、開演の瞬間までに人を楽しませるマインドをつくる必要がありました。表現者がいくら悩もうが、傷つこうが、足がつろうが、観客には関係ないことです。見えている作品がすべてですから。もちろん人間ですから、完璧には無理でしたけど。

「悩み」って、それ単体では存在しません。原因となる「問題」があるわけです。その問題に対しての向き合い方で「悩み方」が変わってきます。
「表現」が0から1を生み出すことだとすれば、「問題を解決する」って、マイナスを0にすること。苦労するわりに、実は何も生み出していないんですよ。表現を仕事にした以上、そこに自分を奪われすぎることは避けたいものです。「問題から目を背けるな」という言葉には、うっかり説得力を感じてしまいますが、そんなの問題によりますよね。

悩みの種である「問題」って、必ずしも解決だけが全てではなかったりします。「問題」とひとくちに言っても、その性質は様々です。例えば……

①解決しなければならない問題。
②問題の一部分だけ解決すればいい問題。
③時間が経ったら、大した問題ではないと思えるような問題。
④解決していなくても、その問題について誰かに話すだけで次にいけちゃうような問題。

⑤解釈を変えれば、これって逆にチャンスなんじゃないか、ともとれる問題。
⑥自分以外、誰も問題だと思っていない問題。
⑦逆に自分以外のみんなが問題だと思っている問題。
⑧複雑すぎてその問題を理解することが難しい問題。
⑨解決しなくてもいい問題。
⑩そもそも解決のない問題。

などなど。ざっと考えただけでもこんなに。きっともっと種類がありますよね。あなたが今悩んでいる問題はどのたぐいですか？　ちなみに僕は⑤を見つけるのがけっこう得意です。

……とまあ、こんなふうに冷静っぽく書いてますけど、僕は悩みとの向き合い方が上手なわけではありません。

以前、ある問題に長い間悩まされ続け、すっかり元気がなくなっていた頃がありました。解決しなくちゃと思い、悩みの原因となる問題を一生懸命理解しようとしました。けれどそれは間違いでした。理解なんてできない問題だったのです。

何が言いたいのかというと、悩んでいる問題に対して、それがどんな性質を持った問題なのか客観性を持たないと、自分を追い詰めてしまうことがある、ということです。自分の抱えている悩みを解決しようと、どんな傷口なのかを完全に理解できるまで調べ続ける。これでは、傷が治りません。やみくもに「問題だ！ 24時間全身で悩まなきゃ！」とストレートに受けとめすぎてしまわずに、受けとめ方を考えてみるのがいいんだと思います。

ただしこれは、自分自身が起こした問題には適応してはいけませんよ。問題を起こした張本人が、その問題を受けとめないなんて、そんな無責任なことは人としてやってはいけないことですからね。

オリンピック選手のみなさんと話す機会がありました。感染症の広がりによって、オリンピックが開催されないかもしれないことに対する不安や心配と、どう向き合っているのかを聞いてみました。するとあるメダリストの方から「考えてもしょうがないことは考えない」という素晴らしい答えが返ってきました。心も体も強い。僕もそうありたいです。

「表現こそが人生で一番大事なこと」という錯覚

「作品をつくることが、人生で一番大事なこと」そんなふうに思って生きてきました。なんだかかっこよさそうですけど、実はこの考え方には穴がありました。それは、作品づくりを妨げた人のことを「人生の邪魔をした人」と解釈しかねない、ということです。

僕はかつて、僕の表現活動を妨げた人を「悪」だと思ったことがありました。作品を良くすることは、良いこと。だから、それを妨げることは、悪いこと。というように。でも、誰かを悪人だと思いながら過ごす日々って、あんまりいいことじゃないって思ったんです。

表現活動の中で、人から傷つけられたとき、僕は心の痛みをなんとかする方法をたくさん考えて、たくさん調べて、たくさん実行しました。僕はこのとき、自分のことを主役として扱ってしまっていました。

でも、出来事の軸足を自分ではなく相手に置いたら、すこし違った糸口が見えてきたんです。

その人にはなにか思惑があって、それによって視野が狭くなり、人を傷つけていることに気がついていないのかもしれない。

その人は自分の後ろめたいことから目を逸らさせるために、わざと人を攻撃しているのかもしれない。

その人は、もともと人の気持ちを察することができない人で、不用意な発言をしがちなのかもしれない。

……などなど。

どれも良いこととは言えないけれど「悪意」とは違う。

だから誰かを悪だなんて、僕は決めちゃいけないんだ。そんなふうに考えるようになりました。自分が傷ついたからって、人をさばく権利が与えられるわけじゃないですからね。

こうなってくると、「表現こそが自分の人生にとって一番大事なこと」というのが、疑わしくなってきます。では、人生で一番大事なことって、何なのでしょうか。

僕なりに出した答えはこれです。

「そんなものに順番などない」

だって、なんでも大事ですよ。表現することも大事だけれど、食べることも、寝ることも大事。大事なもの、大事なこと、大事なひと。ぜんぶ大事。

僕にとって「つくることは生きること」これはもう変えられそうにありません。でもそうやって「つくる」と「生きる」を重ねるのなら、どんなことも受け止めないといけないみたいです。つくっていようが、そうでなかろうが、人生の妨げになる出来事くらい、必ず現れるんですから。

たとえ明らかに自分以外の誰かが原因で、思うように表現ができなかったとしても、その与えられた状況の中で、可能な限りの良いものを生み出していくしかない。そして、その結果がどんなに不本意なものであっても、それがそのまま、つくり手の能力として周りから評価される。表現を仕事にするって、そういうことです。

感受性と、ストレスと、泣き寝入りの美学

表現は、誰かの感受性に届いてこそです。

それには、表現者自身の感受性も大事です。楽しさがわかるから、楽しませられる。感動できるから、感動させられる。どんどん笑って、どんどん泣きましょう。受信することは、発信の源になると思います。

僕が知る表現者の多くは、感受性がとても豊かです。人を笑わせられる人は、よく笑います。

僕も、感受性はかなり強いほうだと思います。「感動しい」です。極端な話、どんなに面白くない作品を観ても「僕ならこの先をどう書くか」を勝手に考えて、そっち

の内容で泣いたり笑ったりできるくらい、感じやすいです。

ところで、この感受性のアンテナは、良いことだけを受信しているわけではありません。ときには受け取る必要のないものにまで、働いてしまうことがあります。

例えば、誰かが誰かを怒鳴りつけているのを見ると、僕はすごくつらい気持ちになります。「自分には関係ない」と、気にしなければいいんでしょうけど、こういうとき無駄に感受性が働いて、受け取りすぎてしまうのです。

「怒鳴らなくたって伝えられるはずなのに」→「なんであんなに威張るんだろう」→「実際に偉い人は、あんなふうに威張ったりしないのにな」→「なんて悲しいんだ！」

いらないでしょ、この連想ゲーム。でも、やっちゃうんです。そして僕の中に、ストレスが〝1〟発生します。

敏感さは、脚本家の武器だとも思います。感じるからこそ、描けることもあります。だから受け取りすぎちゃうのは、もうしょうがない。これにともなったストレスも、受け入れるしかない。

大事なことは、この〝1〟のストレスを、それ以上その場に増やさないことだと思うんです。

例えば、Aさんという人が僕に迷惑をかけて、僕の中にストレスが〝1〟発生したとします。そこで僕が、Aさんに改善を求めたとします。これに対し、Aさんが自分を棚に上げるタイプの人だった場合、筋の通らない逆恨みのように、怒る場合がありま す。つまり、Aさんの中にもストレスが〝1〟発生するわけです。

こうなると、この場にあるストレスの数は、僕のとAさんのとで、合計〝2〟です。

これを〝1〟に抑える方法があります。それは、僕が泣き寝入りする、ということです。

僕に〝1〟が発生したら、そこで飲み込んで会話を終えるんです。これで、この場にあるストレスの数は、合計〝1〟でストップできます。僕は、世の中にあるストレスの総数が、少なければ少ないほどいいと思っています。

「それじゃあ、やられ放題じゃないか」って思うかもしれませんけど、そうではありません。確かに僕は、戦いません。そのかわりに、その場を離れます。

僕が人とコミュニケーションをとるのって、大抵は仕事の現場です。僕にストレスをかけてくる人がいたら、その仕事が終わるまでは耐えて、終わったら、心の窓を静かに閉じます。物理的な距離をとる場合もあります。感受性が強いぶん、自分を守る選択も必要なんです。

もしかしたら、これを読んでくれている人の中にも、同じことを感じている「敏感さん」がいるかもしれませんね。そして、感じたぶんだけ戦って、ストレスの総数を増やしてしまった経験がある人も、いることでしょう。

世の中は、いろんな人の泣き寝入りで成り立ってるんじゃないかって思います。それによって、世界からストレスが〝1〟ずつ減ってるんです。あんがい仲間はいる気がします。

「悲しい」とか「つらい」とかは、ネガティブな感情です。でも、これがわかるからこそ、そんな人の気持ちに寄り添えるし、「楽しい」を届けたいって思えます。泣いてる人がいるなら、笑わせたい。そしてついでに、僕にストレスを与えてくる人にも笑ってもらえたなら、僕はもう、それでいいんです。

表現を生み出せなくなってしまったら

何かのきっかけで、創作の手が止まってしまう。誰にだってあることなのかもしれません。そんなときは、いったんつくるのをやめてみるとか、気分転換をしてみるとか、そういう話、よく聞きますよね。でも、それでつくれるようになるのなら、苦労はしません。

コミュニケーションに特徴のある人に悩まされていました。嘘やデリカシーのない発言が多く、それがある頃からエスカレートしていきました。僕に浴びせられた言葉の数々は、とてもショッキングな内容で、僕は耐えきれなくなり、コントを書けなくなってしまいました。0から1がつくれないのです。

その状態のまま、やると決まっていた数本の新作公演に立ち向かいました。出演者にもスタッフにも観客にも、つくれないということは隠しながら、元気なふりをしながら。

一日のうち、悲しくない瞬間を逃さないようにして、一行ずつ脚本を書きました。あとは、ボツになっていた未発表の脚本を持ち込んだりして、なんとか取り繕いました。

浴びせられた言葉の記憶は、しばしばフラッシュバックしました。それによって、舞台上でごっそりセリフが抜けてしまったり、心ここに在らずで、丸暗記したセリフを言うだけになってしまったりもしました。冷静に、パフォーマーの引退を判断しました。演出家小林賢太郎が、役者小林賢太郎をクビにしたんです。

僕にとって、つくることは生きることです。つくれない僕は、もう存在してはいけないのではないか、という気持ちになりました。これは自分でもまずいと思い、勉強して乗り越えることにしました。人生最大の努力だったと思います。心のケアについて、そして、コミュニケーションに特徴のある人について、たくさん学びました。これによって、そういう人は「そういう人」なのであって、悪意ではない、という解釈を知りました。だから僕は、誰も責めません。

それでも、僕はスーパーヒーローではありません。人生をかけて積み重ねてきたものを否定されれば傷つく、普通の人間です。僕は、自分を守るための判断をすることにしました。

やがて僕は、なにかを我慢しながら活動するのではなく、つくりたいものを努力してつくるという、本来の自分に戻っていきました。今では生めない悲しみとではなく、生みの苦しみと向き合うことができています。

この経験によって、僕は多くを学ばせてもらいました。人にどうあってほしいかよりも、自分がどうありたいかが大事なんだということ。過去の痛みに関心を持ちすぎず、今つくっているものに夢中になることで、未来はつくられるんだということ。

僕の場合は、こうやって乗り越えました。つくるのをいったんやめるのではなく、気分転換をするのでもなく、つくれない自分のまま、つくれる自分を演じ続けたんです。あんまりおすすめはしません。

おすすめがあるとすれば「つくれなくなってしまうほど消耗するまで、我慢しすぎない」ということです。

リーダー論

表現活動がある程度の規模になると、つくり手にリーダー職がともなってくることがあります。複数の人間が集まって物事を進めていく以上、リーダーの存在は必要です。

チームで物事を進めているリーダーさんから、ご相談をいただいたことがあります。

「みんながのびのびと仕事をできるように意識していることは？」とか、

「ぜんぜん協力する気持ちがないメンバーがいるんですが」とか。

まずは心を込めて、この言葉を贈ります。

「お疲れ様です！」

僕に相談をしてくれたということは、僕のプロジェクトがうまくいっているように見えていたのかもしれませんね。でもそれは、うまくいっているように見せているだけですよ。

僕が模範的なリーダーかと言えば、まったくそんなことはありません。間違えるし、迷うし、猫背だし、白髪も多いです。いつまでたっても、反省も学ぶべきことも尽きません。

「みんながのびのびと仕事をできるように意識していることは？」

というご相談は、管理職の方からでした。

たしかに、現場はそうあるべきだと僕も思います。だから参加してくれた人から「賢太郎さんの現場楽しい」なんて言ってもらえると、とても嬉しい気持ちになります。

僕には、リーダーとして心がけていることがあります。それは「正解を示すのではなく、方向を示す」というものです。

このチームは、どっちに向かおうとしているのか。リーダーによってこの大きな矢印が示されていれば、参加している人は同じ方向を向いて力を発揮してくれます。それぞれが自分の仕事として、それぞれの頭で考えて行動してくれるんです。これは、チーム全体の前向きな雰囲気のためになっていると思います。

「チームで物事を進めているのに、ぜんぜん協力する気持ちがないメンバーがいるとき、どう対応して乗り切ればいいでしょう？」

これは、学生劇団の座長さんからのご相談でした。

複数の人が集まれば、困った人がいることだってあります。

ぜんぜん協力する気持ちがない、ということは、前記した「方向を示す」ってことがうまくいってない可能性があります。やることを自分で探そうとしないタイプの人にとっては、方向が示されていなければ、協力しようがないですからね。

でも、方向は示されているにもかかわらず、協力的じゃない人も、ときにはいると思います。自分が得をすることしか考えてない人とか、極度のめんどくさがり屋とかね。そういうタイプの人が現場で問題を起こし、困らされた経験は僕にもあります。
しかも問題を起こす人には、問題を解決する能力がなかったりします。リーダーは、問題そのものと、問題を起こした人、その両方に向き合わなければなりません。これは、リーダーになってみなければ分からないことかもしれません。

リーダーの仕事には、他者から見えるものと見えないものとあります。前線で指揮をとっている姿は、周りからも見えます。でもメンバーが起こした問題によっては、外部に見えないように、ときには内部にも見えないように、対応しなければならない場合もあるんです。

僕はリーダーとして、問題を起こした人がメンバーである以上、その人を守る努力をします。問題が表に出ないように、問題を起こした人をかばうんです。とくに観客には、舞台裏で何があったのか、伝わらないようにしています。

作品の品質を管理することのみならず、チームのために見えないところも頑張るのがリーダーの仕事です。つまりリーダーって先頭にいるけど、裏方なんです。僕はデビュー以来、ずっと裏方です。

困ったメンバーに悩まされているリーダーさんに、伝えたいことがあります。

「どうか、あなたを奪われすぎてしまわないようにしてください」

チーム全体が前進しようとしているときに、立ち止まっている人がいたら、リーダーのあなたは「こっちに行こうよ」って、きっと手を差し伸べるでしょう。でも、歩こうとしない相手を、無理やり歩かせようとすることは、あなたも一緒に立ち止まることになってしまいます。立ち止まるだけならまだしも、あなたが消耗しすぎて、プロジェクトそのものが破綻しては、もともこもありません。

そのためにも、その困った人と、ある程度しっかりと向き合ったら、どこかで限界を見極め、潔く距離をとってください。この「距離をとる」という考えを、冷たいと思う方もいるかもしれません。「それでも俺は見捨てたりなんかしない！　相手が分かってくれるまで、根気よく向き合うんだ！」と。それなら、その優しさで、その困った人と向き合い続けてください。実は、かつての僕がそうでした。

クビになりたくて組織に参加する人なんていないし、人をクビにしたいリーダーなんていません。でもね、「見捨てない」という言葉の意味を誤解してはいけません。

あなたにとって、あなたの人生より大事なことなんてありません。そして同じように、あなたを困らせる人にも、人生があります。それは、あなたの人生ではないのだから、立ち入ることはできません。相手の人生を尊重するということは「見捨てる」とは違います。やるべきことは、我慢ではなく努力です。現場を妨げ、そして改善の見込みのない人とは、わざわざ同じ場所にいなくていいと思います。

メンバーを守るのはリーダーの大事な仕事です。そしてリーダー自身もまた、大切なメンバーのひとりです。けれどリーダーのことは、誰も守ってくれません。耐えているつもりでも、限界を超えてしまっていることに、自分では気がつきにくいものです。どうか自分のことも、守ってあげてください。

いろんな意見があると思います。ここに書いたことは、僕個人の経験と考えによる、僕なりのリーダー論です。あなたならどうするか、自分で考えて、自分で判断してください。

演劇部の部長さん、劇団の座長さん、管理職の皆さん、監督、主将、キャプテン、店長、班長、編集長！　あらゆるプロジェクトのリーダーのみなさま、本っ当にお疲れ様です！　あなたがリーダーを務めるプロジェクトが、うまくいきますように。

表現が人の心に届くしくみ

例えば、格闘技をやっている人は、宇宙ゾンビが現れたとき、その技術で自分の身を守ることができます。

けれど、画家はどうでしょう。どんなに絵がうまくても、宇宙ゾンビは襲うのをやめてくれません。

音楽家はどうでしょう。宇宙ゾンビを美しい歌声でもてなしたら、感動して襲うのをやめてくれるかもしれない？　だめです。あなたはもう、宇宙ゾンビに食べられ始めています。

脚本家はどうでしょう。宇宙ゾンビに面白いコントの脚本を読ませたら、笑って襲うのをやめてくれるかもしれない？　だめです。仮に食べられながら脚本を書けたとしても、宇宙ゾンビは字が読めません。

いかなる表現も、宇宙ゾンビに対しては、防御力にも攻撃力にもなりません。

ここまで読むと「それじゃあ芸術家は宇宙ゾンビにやられ放題じゃないか」なんて思ってしまいますよね。格闘技って、素晴らしいですよね。……ということが言いたいわけじゃないんです。「表現が人の心に届くしくみ」についての話です。

「なんだ宇宙ゾンビって」という話はさておき、芸術が、なぜ宇宙ゾンビに通用しないのでしょうか。理由は、相手が宇宙ゾンビだからです。人じゃないからです。

確かに絵画や音楽や文学では、相手にパンチもキックもできません。でも僕は、さまざまな芸術作品から、殴られたような衝撃をもらったことがあります。「なんて素晴らしい表現なんだ！」って。

こんなふうに誰かの表現を受け取ることができたのは、

僕の中に、「人を楽しませられるようになりたい」「表現を学びたい」という気持ちがあったからだと思います。

以前お客様から「賢太郎さんの作品に救われました」というメッセージをいただい

たことがあります。とても嬉しかったです。でも僕は、僕の作品がその人を救ったわけじゃないと思っています。

悩んだり、傷ついたりしている人が持つ「ここから抜け出したい」「立ち直りたい」という気持ち。それを応援することで、芸術やエンターテインメントは役に立てるんだと思うのです。立ち直ったのは、その人自身の力です。

人の体内には、表現を受け取るための受け皿があります。

「人を楽しませられるようになりたい」「表現を学びたい」「ここから抜け出したい」「立ち直りたい」なんでもいいんです。人が持つなんらかの心の形が、表現の受け皿になるのです。

そしてその受け皿の形は、常に変化しています。なつかしい映画を久しぶりに観たら、前に観たときと印象が違った。こんな経験、ある人もいるのではないでしょうか。これは心の形の違いによるものです。

人の心は、そのときに求めていることを受け取るんだと思います。感動を求めている人は、感動を。学びを求めている人は、学びを。救いを求めている人は、救いを。

だから表現者は、やりたい表現に没頭してればいいんです。受け取り方は、受け取ってくれる人の心が決めることです。

「作品は、発表した瞬間に、表現者の手を離れる」という考え方があります。

例えば、画家が思い入れたっぷりに、大作を描き上げたとします。その絵を買った変態大富豪が、上からペンキで落書きをして、飾ったとします。絵はもう買った人のものですから、どうするかは自由です。変態大富豪の心の形が、そうすることを求めていたのなら、それはそれで表現が成り立ったということです。

でも「それじゃあ変態大富豪にやられ放題じゃないか」なんて思うかもしれませんね。

大丈夫です。僕はこれまでいろんな表現をしてきましたが、宇宙ゾンビと変態大富豪が観に来たことは、今のところありません。

表現欲

あなたは、なぜ表現をするんでしょうか。

儲けたいからでしょうか。モテたいからでしょうか。有名になりたいからでしょうか。どれも若々しくて、いいですね。

では、それらが全て満たされたら、表現を辞めるのでしょうか。例えば、作品が大ヒットして、一生ぶん稼げたりとか。

辞めたければ、それでもいいと思います。それでもいいとは思いますが、そういう人が表現をしてきたのは、表現欲によるものではなかったということです。「儲けたい」は金銭欲です。「モテたい」は性欲です。「有名になりたい」は自己顕示欲です。

あとは「表現活動で仲間をつくる喜び」を求める人もいますよね。これは親和欲求っていうらしいです。

これらはどれも、表現欲とは違います。

僕は表現を仕事にして、それなりに納得いく結果も出してきました。でも、僕の「表現したい」という欲求は、衰えるどころか、増しているくらいです。

表現欲の正体を知りたくて、自分を観察してみることにしました。表現の仕事の、どの部分で表現欲が満たされているのでしょうか。

・アイデアが生まれたら、形にしたくなります。
・執筆や作画や撮影の努力を、努力とも思わずやり続けられます。
・作品は絶対に完成させます。
・関わってくれた人たちが満足してくれたら、安心します。
・観客の皆さんの反応が、たまらなく嬉しいです。
・経済的な成果により、次の作品をつくることができます。

なるほど。

どうやら僕の「表現欲」の正体は、「創作衝動に逆らわず、表現の全工程で、自己肯定感を得たい」ということみたいです。つまり、表現ができている自分が好きなんです。

「だからか」って思います。思うように創作が成し遂げられなかったときの、もどかしさ、悲しさ、悔しさ。

僕は、褒められるのが大好きです。誰から褒められるのが一番嬉しいかというと、自分です。僕は表現をすることで、自分を褒められる自分でいたいんです。

例えば、アトリエで絵を描きたくなって、イーゼルに真っ白いキャンバスを立てて、でっかいハナウサギの顔を描きました。ハナウサギというのは、僕がつくったキャラクターです。すごくうまく描けました。この絵は仕事ではありません。誰かに見せる予定もありません。それでも、描き上がったハナウサギの顔を真正面から眺めて、自分で自分を褒めてるんです。「かわいく描けたぞ」「うまいじゃないか」って。そんな僕です。

僕の表現は、もう止まりません。僕の表現の、一番のファンは自分であり、自分を喜ばせるために僕は表現をする、ということがわかったから。

森にある僕のアトリエに、一枚の張り紙があります。

オリンピックの式典をつくるように頼まれ、つくり終えたら解任と言われ、缶詰になっていた新国立競技場の近くのホテルから帰ってきて、書いたものです。

「僕は、僕が観たいものをつくる」

あとがき

いかがだったでしょうか。

「なんて楽しそうなんだ、ぜひ表現を仕事にしたい」って思いましたか？

それとも、

「なんだか大変そうだから、表現を仕事になんかしたくないよ」って思ったでしょうか。

どうぞどうぞ、やらなくていいですよ、表現の仕事なんて。誰かにやれと言われてやるものでもないんですから。言われなくても、やるやつはやるんです。もっと言うと、やるなと言われても、やるやつはやるんです。


作品を発表すると、お客様から感想やメッセージをたくさんいただきます。その中で、僕にとって忘れることのできないものがあります。それは、僕が表現を仕事にしておよそ14年目。東北で上演した舞台公演の、ある一枚のアンケートに書かれていたものです。東日本大震災による津波で、ご家族を失ってしまった方からのメッセージでした。

「あの震災以来、初めてお腹を抱えて笑いました。賢太郎さん、ありがとう。」

考えさせられました。僕は「人を楽しませる」という仕事を、命がけでやってきたつもりでした。でも「命がけ」だなんて言葉は、ふさわしくないかもしれないと思いました。「生きて、楽しませる」今はこう思っています。

僕の作品に、出演したいと集まってくれる役者たちがいます。手伝いたいと集まってくれるスタッフたちがいます。観たいと集まってくれるお客さんがいます。僕は表現を仕事にした者として、こんなにも恵まれている幸せ者です。心から感謝していま す。

最後まで読んでいただき、ありがとうございました。

小林賢太郎

小林賢太郎《こばやし・けんたろう》
一九七三年生まれ。神奈川県横浜市出身。多摩美術大学卒。
舞台、映像など、エンターテインメント作品の企画、脚本、演出を手がける。主な作品に、コント公演「ラーメンズ」、演劇プロジェクト「K.K.P.」、ソロパフォーマンス「ポツネン」、コント集団「カジャラ」、オンライン劇場「シアター・コントロニカ」などがある。小説、絵本、漫画などの執筆も行う。

本書は、noteでの連載「小林賢太郎のノート」の記事を加筆修正したものに、書き下ろしを加えたものです。

装丁　水戸部 功

表現を仕事にするということ

二〇二四年四月二五日　第一刷発行
二〇二四年五月二〇日　第二刷発行

著者　小林賢太郎
発行人　見城徹
編集人　舘野晴彦
編集者　菊地朱雅子
発行所　株式会社　幻冬舎
〒一五一－〇〇五一　東京都渋谷区千駄ヶ谷四－九－七
電話　〇三－五四一一－六二一一［編集］
〇三－五四一一－六二二二［営業］
公式ＨＰ：https://www.gentosha.co.jp/
印刷・製本所　中央精版印刷株式会社

Printed in Japan
ISBN978-4-344-04196-7 C0095